무덤 ─────── 건너뛰기

무덤 건너뛰기

초판 1쇄 찍은날 2020년 4월 15일
초판 1쇄 펴낸날 2020년 5월 6일

지은이 이주호 ◎ 편집 신태진, 김민혁 ◎ 발행 이수진 ◎ 펴낸곳 브릭스
주소 서울시 종로구 새문안로5가길 28 광화문플래티넘오피스텔 5층 502호 (적선동)
전화 02-465-4352 ｜ 팩스 02-734-4352
이메일 admin@bricksmagazine.co.kr ◎ 홈페이지 bricksmagazine.co.kr
페이스북 facebook.com/magazinebricks ◎ 인스타그램 @bricksmagazine
브런치 brunch.co.kr/@magazinebricks

책값은 뒤표지에 있습니다.
ISBN 979-11-90093-06-4 03810

이 도서의 국립중앙도서관 출판예정도서목록(CIP)은 서지정보유통지원시스템 홈페
이지(http://seoji.nl.go.kr)와 국가자료종합목록 구축시스템(http://kolis-net.nl.go.kr)
에서 이용하실 수 있습니다.
(CIP제어번호 : CIP2020013710)

무덤 ———— 건너뛰기

이주호 지음

브릭스,

차 ___ 레

자장의 비명,
그리고 뼈를 둘러싼
몇 가지 가설

오랜 시간을 두고 이만하면 꽤 적절하다 싶은 이유를 만들어 놓았다. 너무 공들인 티가 나서였을까? 누굴 만나도 먹히질 않았다. 꿈에서 만난다 해도 말 한마디 못 나눌 외국인들의 무덤을 찾아다녔다. 그들이 남긴 지상의 마지막 흔적을 보러 비행기도 타고 기차도 타고 버스도 타고 했더랬다. 무덤의 주인들, 그러니까 대리석이나 흙 봉분 아래 유골들은 대개 고인이 되고 나서야 작품으로 알게 된 사람들이었다. 내게는 처음부터 그들 인생 자체가 작품이나 전설이었던지라 무덤을 보기 전까지는 그들이 지구상에 공간을 점유하고 실존했던 육체라는 사실이 잘 와 닿지 않았다. 물론 머리로는 알았다. 머리로 아는 데는 익룡이든 오스트랄로피테쿠스

든 석가든 예수든 한계가 없었다. 하지만 그들의 실존했던 순간들은 대개 정보나 교양 차원에서의 기억이었지, 자잘한 생명의 단위로서가 아니었다.

무덤을 찾아가 사흘이 지나도 끝내 부활하지 못한 육체들이 기어이 그들 키만 하지 않았을까 싶은 깊이에 안장되고 말던 순간을 되짚다 보면 그가 인간이었다는 면에서만큼은 나와 같았다는 것을 아주 약간 실감할 수 있었다. 내가 살아온 인생을 되짚어 봐서는 앞으로도 절대 기대해선 안 될 '인간의 위대한 삶'이란 게 정말로 실재했구나. 그들의 무덤이 이리 견고한데, 아무렴, 나 같은 비루한 인생이 죽음을 딛고 부활할 리는 없겠지. 그들의 무덤 앞에서 나의 애석한 최후가 느닷없이 현실이 되어 버렸다. 온갖 순간적이고 쾌락적인 장치, 혹은 목숨을 위협할 듯하지만 지나고 나면 별것 아닌 고민들에 홀려 나, 나의 가족, 심지어 할머니 할아버지의 죽음조차 곧 다가올 현실이라 믿지 못하고 살다가도, 위대한 인간의 묘비 앞에 서면 죽음만이 명백한 사실이고, 삶은 허상, 허망이었다.

그러게, 무덤을 찾아다닌 이유치고 너무 공들인 티가 나지 않았나?

헨릭 입센, 사르트르, 고흐, 에디트 피아프, 나쓰메 소세키, 윤동주, 프란체스코, 세종, 허난설헌, 니코스 카잔차키스. 명절마다 할머니 묫자리는 헷갈려 하면서 먼 데서 먼저 가신 분들의 묘는 꼼꼼하게도 찾아냈다. 딱히 그 방문을 순례라고 생각한 적은 없지만, 수백 기는 넘을 듯한 공동묘지에서 비석 하나를 찾는 일만큼 절실한 마음을 불러일으키는 경험도 드물었다. 꼭 찾고 말겠다는 의지가 오기가 돼 가는 과정은 나름 경건해지는 순례 같기도 했다. 이들도 어느 땐가는 이 길을 걸었을지 모른다. 그들의 육체로, 타인의 죽음을 생각하며, 죽음은 타인의 것으로만 생각하며.

순례가 아니래도
만담이 아니래도

미술품을 보고 음악회를 가고 기품 있는 장소들 앞에서 사진을 찍고. 명망 있는 기억의 수집품이 늘어가긴 했지만, 기억과 달리 내 삶은 항상 편의점 식품 코너 앞 익숙한 조합의 돌려 막기 같았다. 하루, 그 비슷한 하루, 어제 그 바지, 그제 그 부대찌개. 이제, 젊다고 말하긴 어렵구나, 점진적인 퇴보를 늦추거나 감출 수 있는 나이를 벗어나고 있다는 생각을 하게 되면서 내가 무얼 쌓아 왔나, 이룬 게 없다는 걸 수긍했다. 하지만 이대로 흩날려도 되는 건가. 나도 이 지상에서 단단히 뿌리 박고 살았다는 표식 하나 남겨두고 싶었다. 이제까지의 여행들을 다 순례로 둔갑시켜 보자. 속수무책으로 흩어져간 지난 걸음들이 다 목적을 둔 걸음이었던 것처럼, 결정적 단서 하나로 산발적인 조각들이 하나의 플롯으로 맞춰지는 점입가경. 근사한 인생 아닌가? 그냥저냥 나다닌 인생을 경건한 순례의 과정으로 잘못 기억한 채 차분하게, 그러나 확고한 목적을 갖고 살아온 사람처럼 늙어가는 거다. 산발적으로 보이던 행적 하나하나가, 와우, 알고 보니 그럴듯한 대단원을 위해 치밀하게 배치되어 있던 퍼즐 조각인 것이다. 어떠한가, 반전의 배경음악을 등지며 나의 실루엣이 점차 또렷한 형상으로 변해가야 할 시점 아닌가.

근데 뭐랄까, 나 자신이든 신이든 폭포든, 무엇을 섬기는 마음 없이도 순례가 될 수 있는 건가? 찜찜하군. 신앙 없는 걸음도 순례일 수 있다고? 흠흠, 어쩐다. 더 늦기 전에 예수나 부처같이 다 이루었다 말하고 떠난 사람들을 신으로 받들며 신앙을 키워봐야 하는 게 아닐까? 어려울 건 없었다. 절도 가고 교회도 가보면 된다.

성당에서는 수시로 일어났다 앉았다 하는 타이밍을 잡지 못해 애를 먹었고, 하필 내가 간 성당의 신부는 평화방송에 기부해야 한다는 얘기를 너무 자주 했다.

교회 몇 군데를 가보았다. 기독교도들은 선민의식과 피해의식이 교묘하게 뒤섞여 나의 영혼을 일단 유아반에 배치했다. 형제자매님들은 외부인이 가지고 태어난 지옥의 당위성을 말할 때는 단단히 결속되어 보였다. 그러나 불황에도 자신의 집값은 올랐다거나, 다들 걸리는 유행 독감에 나만 걸리지 않았다고 말할 때는

교인 전체가 아닌 나 자신의 복으로만 신의 존재를 확인하는 것 같았다. 세상의 모든 불행은 그들이 선택받았다는 증거였다. 그리고 그들 내부에 불행이 닥칠 땐 구원의 단위를 교회가 아닌 개인으로 축소했다. 성도의 불행은 지옥이 언제든, 누구에게든 열려 있다는 뜻 아니었을까? 그들의 자발적인 고립과 심적 대결, 배척은 치료가 시급한 것 같았다.

아픈 사람들을 등지고 유튜브에 귀의해 불교식 절하는 법을 연습했다. 절에 갈 때마다 꼬박꼬박 삼배씩 하고 나왔다. 한 달 넘게 아침마다 108번 절을 했다. 운동은 됐지만, 그걸로 신실함이 샘솟지는 않았다. 절은 절이고, 뜬구름은 뜬구름. 이래서 되겠나. 예수나 석가나 예배 형식과 종파적 논쟁 뒤에 잠자코 앉아 계시기만 하니. 그들의 인간적 실체, 신성의 현현을 볼 수 없다는 쪽에 배팅을 하고 싶다. 하지만 배당 대신 여기저기서 전도나 실컷 받게 되겠지. 정말 신들의 무덤이라도 찾아가야 하는 거 아닐까. 부처가 된 석가모니가 처음 법을 전하던 장소 사르나트, 예수의 역사가 시작된 가버나움 들판. 그간 여행을 적게 다닌 것도 아니니 어려운 일은 아닐 것이다. 망설일 게 없다. 이야말로 참다운 순례의 길, 오소독스한 맞대응 아닌가. 그리하여 바야흐로 순례의 해를 살아보기로 했던 것이다.

아니, 그런데 잠깐. 신의 무덤이라고? 예수는 중동에서 죽었다. 부처는 인도에서 죽었다. 순례는 이들의 매장과 함께 탄생했다. 그렇다. 신의 무덤이다. 이곳으로 향해야 순례의 순정 여정을 밟는다. 아무 의미 없는 장소에서의 표류는 순례가 아니라 했다. 혹여 예수나 석가가 아니라도, 순례는 거룩한 죽음을 찾아가는 행로여야 한다. 그런데 무덤 속에 있는 신에게 죽은 뒤는 고사하고 삶의 무엇을 빌 수 있다는 걸까. 바라거나 빌지는 않는다 치자. 그러면 꼭 '신의 무덤'씩이나 찾아갈 필요까지 있을까?

아니지, 현 단계로서는 어쩔 수 없다. 이러다간 순례가 첫발조차 못 떼겠다. 자발적인 순례였던 만큼 내 숙명이나 목적, 가능성을 온전히 발견하는 것이라고 하자. 이쯤에서 짐을 싸고 어디든 다녀와서 순례의 연장 여부를 생각해 보는 거다. 아니 또 그런데 왜, 거룩한 죽음은 하필 중동과 인도에 있어야 했을까? 가고 싶지 않다. 그 어느 곳도.

뒷길의 실마리를 찾아 곰곰 생각했다. 예수의 무덤이라. 부활하셨다지 않나. 무덤이 있으면 안 된다. 빈 무덤 자리에 교회를 세웠다지만, 그건 콩깍지만 보고 이게 콩나물이 됐을지, 두부가 됐을지 추측하라는 거다. 육신의 잔해가 없어야, 무덤 입구를 열어젖히고 갈릴리 바닷가로 떠나야 그는 죽음에서 승리한다. 할렐루야! 기독교 세계의 미사일과 이슬람 세계의 단두대를 피해 숨바꼭질을 해야 하는 근심이 사라졌다. 이 땅에 말씀의 화신으로 오신 예수는 지상에 말씀의 전파와 실현이라는 과제를 남기고 떠났다. 그 뜻을 받들어 산다는 건 곧 예수의 말씀대로 살아가는 것이다. 그러니까 바로 그 사람들, 추려보자면, 조선에 예수의 말씀을 전하려다 순교한 선교사들이 묻힌 곳, 중동은 무슨, 서울 합정동 양화진 선교사 무덤만 찾아가도 될 일이다. 그렇게 안일한 결심을 하고도 홍수라든가, 고래라든가 별다른 계시가 없었다. 신이 나를 요나처럼 긴요하게 쓰실 계획은 없으신 모양새다.

그러면 이제 부처가 입멸한 인도 쿠시나가르, 여기는 어쩔 것인가? 한 달 남짓 인도에서 심신이 곯다 돌아와 내 방 침대에 엎어진 감격으로 애국심이 솟아나던 때가 있었다. 열 번쯤 사기를 맞았던 델리를 떠나 아그라역에 내렸을 때, 예감하지 못했다. 당나귀 수레를 타고 타지마할까지 가는 그 짧은 시간에 마부와 수도 없이 홍정하며 싸워야 한다는 사실을. 몇 개의 도시를 지나 바라나시에 닿기까지 기차가 연착된 시간만 합쳐도 3박 4일, 두 번의 교통사고, 두 시간 정도 연착될 거라는 비행기가 10분 전 홍콩을 향해 떠났다는 황망한 귀국길. 집에 도착해 침대에 몸을 던지던 그날의 감격이 아직 솜털 하나하나 깃들어 있다. 연속되는 홍정, 공공연한 비명횡사, 훗날의 인연을 빙자한 사기, 한계를 알 수 없는 연착, 만나는 여성마다 성추행을 당했다는 토로, 심지어 맥주도 안 팔아. 절대 어느 것 하나 되풀이하고 싶지 않다.

생각이 많으면 스스럼없이 뒷문이 열리는 법인가? 아소카 대왕이란 분께서 부처의 뼈를 나눠 무려 8만 4천 개의 탑을 세운 은 덕으로 부처의 무덤은 세상 도처에 있다. 한국에도 적멸보궁이라는 보증된 무덤이 다섯 곳이나 있다. 여차여차 설화를 갖다 붙인 뼈 무덤까지 하면 열 개는 족히 된다. 내가 일일이 접골을 할 것도 아니고 5대 적멸보궁으로 방문지를 간추린다. 오대산 적멸보궁, 양산 통도사, 정선 정암사, 영월 법흥사, 설악산 봉정암. 더 나이 들어 느닷없이 산이 좋아질 날이 오기까지 설악산 봉정암 등반을 미뤄둔다. 남은 곳은 네 곳. 통도판타지아에서 바이킹을 탄 뒤 속을 진정시키려 잠시 들른 통도사를 제외하면 세 곳.

문밖을 나서는 순간 이러다 얼마 못 가 적멸하겠다 싶은 추위에 휩싸였던 2019년 1월 1일. 정선군 고한 터미널에 내렸다. 당장 깁스로 머리둘레를 봉합하지 않으면 머리가 쪼개질 것 같은 추위. 주위를 둘러볼 것도 없이 얼른 택시 뒷자리에 웅크리고 앉아 첫 순례지, 정암사로 가 달라 했다. 초하루니 절에 가면 절밥을 주지 않겠냐는 기사의 억측으로 눈앞에 잠시 찐 감자의 포슬포슬한 김이 솟아오르기도 했지만, 얼어 터진 계곡물만큼 냉철한 현실 앞에서 김 대신 입김을 쏟아내며 산길을 올랐다. 정선 장에 가서 배추전에 옥수수 막걸리를 마시며 순례의 참뜻을 되새겨 보겠다는 생각으로 추위를 견디다 보니 공복이 아닌데도 공복 같았다. 절보다 잿밥이란 말은 정말 보편타당한 심정이었구나. 어쨌든 훈내 나는 새해 손님맞이는 없었다. 객지의 울적한 회한도, 뼈에 사무친 구원의 바람도 없지만, 추우니 한 세상 서러운 건 다 내 것 같았다. 초하루, 얼어터진 손을 싹싹 비비며 애원을 해야 할 만큼 급박한 걱정거리가 있는 것도 아니라 부처의 뼈를 만난 감격은 일지 않았다. 어쩌면 뼈를 만나지 못해서일 수도 있다. 뼈는 이 산 어딘가에 있다. 아무도 모르는 곳에. 머릿속은 오늘 밤 아우라지역 옥산장 여관 뜨끈한 방에 앉아 뭐라도 마셔 보자, 쪽으로 발길을 틀었다. 따뜻한 여관 방바닥과 막걸리 생각으로 흡족해지는 인생이라니 참으로 다복하지 않은가.

택시비 만 원, 산길을 달린 것치고는 다정한 금액이었다. 하루 두 대의 버스가 지나는 산골 어귀, 막차는 두 시에 떠났다. 버스정류장에 적힌 아리랑콜 전화번호를 저장해 두고, 몸이 식기 전에 얼른 수마노탑까지 올라갔다. 황태 말고는 적수가 없을 바람에 예상보다 일찍 몸이 식었다. 수마노탑은 섬세하고 영롱했고, 추우면 꺼져 버리는 아이폰에 다시 온기를 불어넣어 사진을 찍기까지 몇 차례 경건한 공백이 끼어들었다.

부처의 진신 사리를 모신 적멸보궁에는 불상을 두지 않는 법이라 빈 연화대를 마주하고 앉아 엄동설한 열렬히 울리는 풍경소리를 들었다. 절에 와서 방에 이토록 오래 머문 것도 드문 일이었다. 콜택시가 오려면 15분 정도를 기다려야 하니 순례가 착실해졌다. 금박을 입힌 모카 빵 같은 부처가 내려다보고 있지 않은 곳에서 욕망, 공포, 집착 가득한 기도를 올리다 보면 지레 멋쩍어질 법도 한 거구나. 빈 연화대 앞에 앉아 불안하고 초라한 심정을 꺼내 보았다. 이 말랑하고도 절절한 호르몬은 어디서 발원하는 걸까? 니케 여신의 공허한 얼굴과 팔을 보는 듯, 연화대의 텅 빈 공백은 나의 비워진 부분들을 메워주려 하지 않았다.

2002년, 다들 월드컵으로 분주한 틈을 타 니케 여신상을 보겠다며 아테네에 갔었다. 아크로폴리스에 가면 있지 않을까, 상식이 앳된 청춘이었다. 매표소에서 니케가 어디 있냐고 물었다. 파리 루브르 박물관에 있으니 그리로 가라. 매우 상식적인 대화였다. 배를 타고 지중해를 건너 이탈리아 바리에 내려 나폴리를 거쳐 로마까지, 거기서 며칠 라면이나 끓여 먹다가 뮌헨에서 맥주를 잔뜩 마시고 술이 덜 깬 채로 파리에 도착했다. 루브르의 니케, 잘려 나간 사지는 적막해 보이긴 했어도 인간사 흥망의 증거 같지는 않았다. 그대로 완전해 보였던 것이다. 당장 날아오를 듯 홀가분한 발꿈치. 이 울렁거림은 뭔가. 술인가 예술인가. 적막의 무게는 꽉 채운 형상보다 무거웠다, 여기에서도 저기에서도. 그때의 여행을 떠올릴 때마다 감정적으로 격앙되는 이유는 파리의 니케가 아니라 나폴리의 에스프레소 때문이다. 술빵 같이 푸짐한 두께의 피자와 함께 나온 커피가 엄지손가락만 한 컵에 담겨 있었다. 목이 메도 입술 밖에 적실 수가 없었다. 피자집 주인은 월드컵 16강 결과에, 나는 그들의 커피 취향에 진저리를 쳤다.

택시가 올 때쯤 되지 않았나? 절 문 가까이 나가자 때맞춰 전화가 왔다. 10분 뒤에 도착한다고. 온갖 안내 표지판을 두 번씩 읽었는데도 10분은 더디 흐르고, 자장, 자장, 한국의 적멸보궁은 부처가 아니라 신라 승려 자장의 행적을 기리는 곳이란 새로운 정보를 입수했다. 안내문마다 자장, 자장. 산속에서 메아리처럼 음악이 들려온다. 자장, 자장. 아니야, 여기서 잠들면 죽어. 머리와 입으로 선문답을 주고받으며 5분을 더 버텼다. 돈오의 순간은 저 멀리 있어도, 무덤 순례 대상은 부처가 아니라 자장이어야 한다는 일대 전환이 눈앞에 있었다.

신사 승려 자장. 당나라에서 부처의 뼈를 들여온 사람. 통도사 금강계단에서 신라 불교의 계율을 바로 세우고, 오대산에 들어가 깨달음을 완성한 사람. 그러나 이곳 태백산 어느 기슭에서 단발의 비명을 지르며 횡사한 사람.

자장의 인생이라, 정암사 순례가 그 굴곡진 인생의 한 마디를 잘도 짚었구나 싶었다.

일연일까 문수일까,
몇 가지 상황

중생 근처에 머물면서 언제 어디서든 누군가 어려움에 처하면 홀연 나타나 도움을 주고 홀연 사라지는 멋. 자잘한 보상 따위에 미련 두지 않고서 어디든 머물고, 어디에도 머물지 않는 자유자재의 극치. 무주상보시無住相布施, 베풀었다는 의식 없이 베푼다. 베풀고 있다는 것을 의식하는 순간 보상을 생각하거나 베푸는 행위 자체에 집착하게 되므로, 베풂은 사라진다. 집 한 칸에 연연하며 주상복합에 살면 소원이 없겠다는 사바세계 거주자로서 이런 보살이란 분들을 기리는 기도처들을 보면 참으로 버젓한 모습 때문에 도리어 의구심이 든다. 문자만의 수식으로든 현실의 건축으로든 집 없는 성자는 있어도 집 없는 신은 없구나. 당연히 불교도 인류 보편 종교의 역사적 행보를 따라 동방에 약사여래불, 서방에 아미타불, 남방에 미륵불, 북방에 석가모니불 하는 식으로 그들의 신에게 온갖 보화로 장엄한 성채 하나씩 지어 주고 섬겼다. 불경의 편찬자들이 '그래도 자기 집 한 칸은 있어야 안심하고 살지' 하는 요즘 인간들의 마음과 매우 그대로였던 건지, 장엄 궁전이 아니면 부처님 권위가 살지 않는다고 생각해서였는지, 그저 부처님을 노상에서 비 맞게 할 수 없다는 갸륵한 섬김이었든지 간에 부처님 처소의 수식은 번잡하도록 찬란하다. 이러고 나니 '혹시 우리도…' 하며 불경 편찬자들의 붓끝을 내내 바라보실지 모를 여러 보살님들에 생각이 미친다. 저분들께도 집 한 채씩 마련해 드리는 게 도리겠다. 이 난해하고도 창의적으로 보이는 임무가 〈화엄경〉 '보살주처품'의 편집자들에게 맡겨졌다.

붓을 받아든 편집자들에게 여러 보살님들이 어디서 뭐하고 사시는지 일별해 놓는 일은 사실 별로 어렵지 않았다. 참고할 만한 레퍼런스가 분명하고, 거기에 약간씩 변형만 가해 주면 열 권이고 스무 권이고 뽑아낼 수 있었다. 일단 편집 방향은 부처님 때와 마찬가지로 선先 방위, 후後 거처로 한다. 보살님들에게 한 방위씩 지정해 드린 다음 누구와 뭐하고 사실지 추후 통보해 드린다.

문수보살께 배정된 방위는 동북이었다. 인도 보살이시라 인도가 세상 가운데이겠거니 하며 동북쪽을 내다보자 중국이 있었고, 저기 어디쯤이겠구나 하여 즉시 수많은 화신을 중국 각지에 보내어 터를 살피게 했다. 이윽고 산서성山西省 청량산의 화신과 교통하시니 거기가 보시기에 가장 흡족하셨더라.

"동북방에 청량산이 있다. 옛적부터 보살들이 그곳에 살았고, 지금은 문수보살이 1만의 권속 보살을 거느리고 살며 그들에게 설법해 주고 있다."

경전에 이렇게 기록된바, 사실 위치만 그럴듯했던 게 아니다. 네 개의 봉우리가 가운데 봉우리를 에워싼 모양새가, 저게 연꽃이니라 이르시면, 네 그럼요 보살님, 연꽃이고말고요, 선뜻 수긍이 가는 생김새였다. 그런데 또 하필 알고 보니 거기가 부처님도 잠자코 듣고만 있어야 할 찬란한 풍수의 대가들이 일찍부터 영험한 땅이라 점찍어 기도하던 곳이었다. 고래의 도인들이 몸을 닦아 수명을 늘리고 학을 날리고 구름을 타던 기도처라면 말할 것도 없이 성지로서의 보증, 담보 다 확실한 것이다.

청량산 다섯 봉우리의 꼭대기는 풀과 나무 없이 흙으로만 다져진 평지라 오대五臺라고도 불렸다. 그런데 이토록 기막힌 우연이 또 있을까? 아니면 문수보살의 타고난 재복이었을까? 청량한 오대와 동으로 나란한 신라 동북방 강원도 명주 땅에도 꼭 닮은 모양의 오대가 있었다. 그리하여 오대산. 바야흐로 문수보살이 상주하는 성지로 추앙받을 운명이었다. 당나라 오대에서 문수보살을 만나 강원도 땅에 오대를 개창할 운명을 짊어지게 된 노승, 그가 바로 자장율사, 신라 승려 자장이었다.

자장은 신라 진골 귀족 김무림의 독자로 태어나 진평왕에서 선덕, 진덕, 춘추의 시대를 살았다. 중국 문헌에 신라왕자로 기록된 만큼 유복하리라 짐작되는 유년을 보냈지만 8세 전후하여 양친을 모두 잃는다. 어떤 기록에선 장성해 모친을 여의고 삶의 허망을 느껴 25세가 되던 해 처자와 재산을 처분한 뒤 원녕사라는 절을 짓고 출가했다고 한다. 8세라면 장성한 여인과 정기를 나눠 대를 잇기 어려웠을 테니, 태어나자마자 수차례 성징을 거친 게 아니라면 25세 출가라고 생각하고 넘어가야 할 듯하다. 어쨌거나 대강 수긍이 될 만큼은 자란 나이라고 치고, 양친이든 모친이든 부모상을 치르며 자장은 갑작스레 엄습해 온 인생의 무상함에 치여 제자리를 회복하는 데 애를 먹었다. 그즈음 왕궁으로 출사하라는 왕명이 있었지만, 자장에겐 삶과 죽음이라는 허망을 떨쳐내는 일이 먼저였다. 출사의 명을 어기면 죽이겠다는 왕의 협박이 당도하자 그는 오히려 깊은 산속으로 들어가 오로지 백골이 된 자신의 모습과 대면하면서 수년간, 혹은 수십 년간 혹독하게 수행했다.

허망과 두려움을 떨쳐냈는지, 깨닫고 나니 죽고 살고가 정말 의미 없어졌던 건지 알 수 없지만, 자장은 드디어 거듭되던 왕의 출사 요구에 응답한다. 바깥에선 말갈과 왜, 백제가 위협하고 안에선 불법이 바로 서지 못한 나약한 변방 신라를 위해 종교와 정치 일선으로 뛰어들기로 한 것이다. 깨달음의 결과가 결국엔 국가의 안위와 만나고 마는, 호국불교라는 시대적 맥락 안에서 깨달음을 파악할 수밖에 없는 사람이었다. 생의 허망, 깨달음이란 것을 생각하면 갸웃해지기도 하지만, 내가 그 혹독한 수행의 결과를 맛 본 건 아니니 대강 그런 걸로 치자 싶었는데, 자장 역시 막상 정치 일선에 나서자 급작스레 깨달음이 미진하다 여겼던 것일까 아니면 정치 세력 간 알력으로 국책 일임이 미뤄진 것일까? 자장은 바다 건너 당나라 유학을 결심한다. 638년의 일이다.

이 대목에서는 두 가지 다른 기록이 전해진다. 견당사 격의 유학인가, 깨달음의 종지부를 찍기 위한 수행의 길인가. 〈삼국유사〉를 쓴 일연은 자장이 당에 닿자마자 오대산에 들어가 문수보살을 만난 뒤 장안으로 들어갔다고 하는 반면 〈자장전〉을 쓴 당나라 승려 도선은 당나라에 온 사람들의 당연한 수순대로 수도 장안에 머물며 중국의 승려들에게 가르침을 받기도 하고 교류도 하면서 공부가 깊어졌다고 한다. 도선의 말대로라면 자장이 오대산에 들어간 것은 5년간의 공부를 마친 뒤, 신라로 돌아가기 직전이었다.

신라 왕실의 대리로서 당에 온 만큼 도선의 기록이 상식적이지 않을까 싶지만, 자장의 후학 일연의 입장에서 보자면 순순히 그렇게 말하기가 어려워진다. 원광과 함께 당대 신라 불교를 대표하던 자장이 당나라에 닿자마자 부처님도 아니고 황제에게 문안을 드리고 선진 문명을 견습하고, 중국 고승 산하에서 가르침까지 받았다고 쓰는 건 여간 껄끄러운 일이 아니었을 거다. 어떤 기록에선 당에 간 것이 서른이라 하고, 어떤 기록에선 예순이라고도 하는데, 평균 수명이 마흔 언저리이던 시절 국비유학생이 되기에 예순은 많은 나이기도 하다. 그만큼 수행했는데 누구에게 또 무얼 배운다는 말인가. 원효가 30대 중반, 의상이 20대 중반에 당나라 유학을 시도했다는 기록에 비춰볼 때, 자장이 당에 간 것도 대략 30대 언저리라 하는 게 무리 없지 않을까. 1500년 전에 죽은 사람들인데, 30대 초반이면 어떻고 중반이면 어떤가.

일연은 〈삼국유사〉에서 자장을 다짜고짜 중국 오대산으로 보내 버린다. 나 갑자기 오대산? 그러고선 뱃멀미도 멎기 전에 기도를 시작한다. 입산 7일째 되던 날, 자장은 꿈에서 인도 사람처럼 생긴 승려를 만나 계시처럼 시 구절을 전해 듣게 되는데, 잠에서 깨고도 용케 그 구절들을 기억하고 있었다. 갑자기 또 산스크리트어? 몽롱한 의식 속에서도 꿈속의 승려가 정말로 인도 사람인 건 확실했다. 처음 들어 본 말이라 도무지 해석할 길이 없었으므로. 옛이야기는 이래서 전개가 참 편해지는데, 이 이야기도 '그때 마침' 하고 나면 뒤에 무슨 일이 벌어져도 이상할 게 없다. '그때 마침'의 카펫을 밟고 법력이 높아 보이는 고승 하나가 자장 앞에 등장한다. 뜻 모를 말에 넋이 나가 있던 자장이 그를 붙들고서 인도 말 게송을 읊어주며 혹시 의미를 아시겠냐고 물었다. 이 중이 무릎을 탁 쳤는지는 알 수 없지만, '만 가지 가르침을 받는다 해도 이 게송 하나보다 나을 게 없소!' 크게 찬탄하며 뜻을 풀어주길,

요지일체법了知一切法, 일체법을 깨달아 알면
자성무소유自性無所有, 자성에는 있는 바가 없고
여시해법성如是解法性, 이같이 불성을 깨우쳐 알면
즉견노사나卽見盧舍那, 곧 노사나불을 볼 것이다

이는 산스크리트어의 뜻을 한문으로 번역해 놓은 것이다. 소리대로 쓰자면, 가라파좌낭呵囉婆佐曩, 달예치구야達㘔哆估㖿, 낭가사가낭曩伽呬伽曩, 달예노사나達㘔盧舍那가 된다. 노사나불을 본다. 왜 석가모니불이 아니라 노사나인가. 노사나불은 석가모니불이 32상의 완전한 신체를 갖추고 인간의 몸으로 나타난 색신色身이라 하는데, 말하자면 말장난이다. 그냥 석가모니불이다. 삼위일체를 논리적으로 짜 맞추는 게 예수의 삶과는 전혀 무관한 것처럼, 비로자나, 노사나, 다들 그냥 석가모니불이다. 일연은 이 대목에서 '자성自性'이란 복선을 깔아 놓는다. 둘째 행을 보면 불성을 깨우치는

절대 조건으로 '자성'을 내걸고 있다. 자성이 있느냐 없느냐, 이건 단순한 경전 인용이 아니다. 일연은 이 장치를 가지고서 앞으로 자장의 운명을 마구 뒤흔들 것이다.

택시를 기다리며, 심약한 만담

자아自我라는 관념이 영원한 실체일 거라 착각하는 것, 아상我相. 아상에 떨어지면 영영 부처님을 못 본다. 자장에겐 그게 일생의 관건이었겠지만, 나야 사무실 책상에 국세, 지방세 등기 우편을 비롯해 봐야 할 게 너무 쌓여 있어 부처까진 안 봐도 될 것 같다. 하지만 남들이 자성自性이 없다, 무아無我다, 지금 여기 '나'라는 인간은 실체가 아니다, 이런 말들을 주고받고 있으면, 나의 인생 어디로 이끌려 가는가, 귀가 쫑긋해진다. 그래서 내 멋대로 생각을 이어가 본다. '너는 없어, 망상이야, 착각이야.' 너는 없다고 내가 나한테 말한다. 말하는 너는 무엇이냐, 그래서 나는 존재한다, 이런 말꼬리 잡기가 아니다. 부처가 말한 건 단순히 없다는 게 아니다. 존재라는 것은, 존재와 존재가 엮인 관계, 잠시 매듭지어진 상태라는 거다. 그 인과법칙, 연기緣起. 이것 때문에 저것이 생겨나고, 저것 때문도 그것이 생겨난다. A로 인해 B가 생겨나고, B로 인해 C가 생겨난다. 그리하여 이것이 없어지면 저것이 없어지게 되고, 이렇게 끝까지 소급하여 인과에 얽혀 생겨난 모든 것들의 끝까지 가면 무엇이 남게 될 것인가. 남는 게 없다. 그리하여 이르노니 모든 실체는 공空하다. 삶도, 죽음도, 공하다. 공하다는 존재하지 않는다는 말이 아니다.

내 말투, 생김, 성씨, 돌림자에서부터 취향, 성격, 생각, 이런 건 전부 내 안에서 자생하여 나온 게 아니다. 실제 행해졌던 임상 실험인지는 모르겠지만, 에리히 프롬의 책을 보면 사람의 감정, 기억, 사실관계마저도 실험으로 조작될 수 있다. 자기가 서류를 가지고 왔는지 아닌지조차. 나의 신념은 나만의 굳은 의지로 자생한 게 아니다. 본래의 나란 건 있을 수도 없고, 찾을 수도 없다. 그러니까 우리는 적절한 '타인의 취향'에 섞여 자신의 취향을 연기하듯 구사하고 산다.

사실 자아실현이라는 것, 감춰진 혹은 내재하고 있는 자신의 참모습을 발현하라는 건 중2병 같은 소리다. 취향마저 발굴되고 발전하는 것인데, 본래의 모습이란 게 유전자 말고 어디 있겠는가. 그런데도 모든 산업이 중2병을 부추기고 치료하며 돌아가니 목사

든 래퍼든 유명 강사든 다들 롤렉스시계 바늘 따라 착실하게 살아

갈 수 있는 것이다.

그런데 그 공이라는 걸 알았다고 해서, 머리로가 아니라 정말 공이 몸이 되는 궁극의 경지에, 입신의 경지에 섰다고 해서 내 삶이 당장 어떤 식으로든 바뀌게 되는 걸까? 대출이자, 국회의원 선거, 잠깐이면 된다면서 잠깐도 말을 쉬지 않는 보험가입 권유, 미세먼지, 전염병, 다 어째야 하는 건가?

생명의 근원까지 거슬러 올라가려는 말들을 차분히 생각하고 있으면 무섭기도 하고 낭만적이기도 하다. 나는 그 긴 억겁의 세월 동안 어디 있다가 20세기 말에 나타나서 21세기식 전화기 사용법을 배우느라고 이 고생인 걸까? 그러다 죽으면 어디로 갈 건가? 28세기 런던의 욕쟁이 훌리건? 여전히 수능 수리영역에 치가 떨리는 서기 3000년 00학번 문과 수험생? 1000년을 눈앞에 가져다 놓으면 내가 겪는 문제들이 결코 내 생명을 좌우할 만큼 크지 않다는 생각에 이른다. 어느 만큼, 마음이 편해지기도 한다. 여기에선 약간의 낭만도 피어오른다. 내가 우연히 나라는 형체로 합성되어 살다 죽은 것처럼 또 긴 억겁의 세월이 흘러 다시 나라는 형체로 만들어질 가능성이 0.000000001^{10}의 확률이라도 영원이라는 시간에 놓이면 그 확률조차 불가능이라 단언하기 어렵다. 그러면 또 나는 어느 시대의 나로 만들어져 지금 살고 있는 사람과 다시

만날 수도 있다. 기다려, 확률의 우주를 가로질러 너를 다시 만나러 갈 테니. 이럴 때가 가장 문제다. 사실 그 낭만적인 시간성 뒤에는 무섭고 애가 타는 절멸이 버티고 있다. 그러니까, 인생이란 게 아무것도 아닌 거다. 이럴 땐 간절하게 믿음을 갖고 싶다. 버드나무라도 믿고 싶어진다. 허망하다고 커피 대신 사약을 호호 불어 마실 정도의 과단성이 있었다면 남의 무덤 앞을 지나며 목숨의 개평을 얻은 듯하다고 가슴을 쓸어내리며 살아오진 않았겠지. 두려운 채로 가야지 뭐. 그런데, 깨달으면, 정말로, 달라질 수 있는 걸까?

나 자신이라 여겨온 동일성이 보증될 수 없다는 걸 몇 번이고 자백하고 있다. 세상은 모르고 나만 알던 사실을 실토하는 건 아니지만 침묵을 깨는 자백은 지금껏 내가 디딘 가장 용기 있는 족적이다. 그렇다고 뭐가 달라진 건가? 그냥 여기까지다. 무명無明→행行 → 식識 → 명색名色 → 육입六入 → 촉觸 → 수受 → 애愛 → 취取 → 유有 → 생生 → 노사老死. 부처의 12연기. 이걸 외우느라 너무 힘들었고, 자랑스레 늘여 쓰고 싶었는데, 중간에 생각이 안 나서 책을 보고 썼다. 어쨌건 이런 게 있다는 걸 안다. 그래서? 연기를 인정해 봤자, 나는 여전히 아상에 허망이다. 치매 예방은 될지 모르겠지만, 암기만으로는 도저히 깨달을 것 같지가 않다. 치매의 망실엔 도교의 무아 같은 게 있을 수도 있지만, 그 단계에 접어들면 증언의 신빙성이 떨어지겠지. 유골이 될 때까지 인간의 삶에 대해 아무엇도 알지 못하는 것 아닌가, 아, 이토록 견고한 자아여, 어여쁘도다!

깨달음이 멀다. 이 상태로는 헛심만 쓰다 과로로 명을 단축하고 말 것 같다. 큰일이군. 이럴 땐 뭘 해야 할까? 술을 마실까? 그러기도 한다. 하지만 곧바로 긴급 비용을 편성해 숙취 회복에 투입해야 하는 반어적 고행은 술을 왜 마시는지 근본적인 회의를 들게 한다. 블랙아웃이 된 와중에 깨달음에 진척이라도 생겼다가는 더 큰일이다. 현실의 바보와 깨달은 주정뱅이 사이에 생긴 괴리감으로 알코올과 함께 증발한 똑똑한 영혼이 육체를 외면하고 영영 구천을 떠돌면 어쩌나. 괜한 고민이다. 중독 이기는 반성 없다.

이래저래 생각하다 결국 늘 제자리이던 공부를 다시 시작해 본다. 〈반야심경〉, 〈금강경〉의 여러 해설을 비교해 본다. 누구 말이 맞는지 모르겠다. 〈도덕경〉을 편다. 한자 공부는 되는데, 여기서도 해설자들끼리 서로 욕을 한다. 신약 성서를 읽는다. 예수님 정말 사나이시네. 그래서 그런가? 추종자들이 다 전투적이다. 나는 말다툼하는 것이 싫어 수많은 인연을 끊고 온풍기 바람에 사막처럼 건조해진 사무실을 낙타처럼 배회하고 산다. 이 자성! 정도正道는 어디에 있는가? 완전히 새로운 길을 가 보자 생각했던 때도 있었다. 색다른 방식이었다. 양자, 초끈, 리처드 파인만, 재레드 다

이아몬드, 유발 하라리, 루시, 닥터 스트레인지. 그런데 나의 과학적 무지는 무지를 더욱 증폭시킨다. 우주가 확장되고 있다. 이 '확장'이란 단어, 거슬린다. 확장된다는 건 어떤 의미일까? 공간이 없는 곳에서도 확장이란 건 생겨날 수 있는 사태인가? 기존의 공간이 있고, 확장되어질 공간이 있어서 기존의 공간이 넓어지는 게 확장 아닌가? 내가 우주를 베란다 확장 정도로밖에 이해 못해서 그런 거다. 정말로 우주가 확장되고 있다면 우주와 우주 아닌 것의 경계면은 무엇으로 이루어져 있을까? 콘크리트 벽? 레이저 방어막? 신들의 세계? 우주가 확장되기 전에 공간이란 게 존재하지 않았다면, 공간을 막고 있는 건 대체 무엇이었나? 나의 몰이해?

또다시 자성의 올가미를 그물침대처럼 깔고 누워 생각한다. 나는 대체 어디에 살고 있는가?

'깨닫다'라는 단어 안에는 '누가 무엇을 깨닫다'의 구조가 들어 있다. '누구'에 해당하는 건 깨닫고 싶어 하는 '나'다. 깨달음이 절실하다는 말은 깨달음을 절실히 원하는 내가 있다는 말이다. 보자, '나'가 오히려 견고해지는 것 같지 않나? 왜 그 '무엇'을 깨닫지 못하고 있는가? '무엇'은 대체 무엇이기에. 무엇을 깨달으라는 것일까? 깨달음을 깨달으라는 동어 반복인가? 깨달아야 할 것이 무엇인지 깨달으라는 것인가? 너 뭐 잘못했어? 네가 뭘 잘못했는지부터 생각해봐. 이런 식이면 인생 자체가 형벌이다. 무엇이든 깨달아 보려는 마음이 강렬해지니 깨달음마저 견고한 실체가 되어 버린다. 깨닫는다는 것이 마치 공식 하나를 풀고 비밀에 싸여 있던 로또 저편의 세상으로 넘어가는 것처럼 여겨진다. 새삼 자각하는 사실, 이곳은 정선이다. 갬블러의 집착과 환상이 마음을 찌른다. 생을 둘러싼 견고한 비밀의 잭팟을 터뜨리고 싶다.

공空은 이제 물 건너갔다. 자성을 깨뜨려야 한다는 생각이 깊어지면 깊어질수록 자성에 얽매이게 되고, 산 저편으로 가는 길을 뚫으려고 든 삽인데 헤어 나올 수 없이 깊은 무덤만 파고 말았다. 자장 스님, 이왕 갇힌 거 여기가 원효 스님이 해골 물을 마셨던 무덤이라 생각하고 하나만 여쭙겠습니다. 스님, 정말 깨달아 보신 적 있나요?

대체 깨달은 사람의 경지라는 게 뭘까? 미래를 내다본다는 건가? 하늘을 날고 물 위를 걷는다는 건가? 귀신도 보이려나? 아니면 그저 '너 요즘 착해졌다더니 사실이구나' 하는 소리나 듣고 마는 건가. 이청준 선생의 소설 〈벌레이야기〉에서처럼 악당이 저 혼자 하나님께 은혜 받고 죄 사함을 받았다며 나는 이제 자유라고 말해 버리는 기독교식 회개 같은 거라면? 죄를 자백하고 반성문이나 면죄부에 해당하는 행위를 하면 죄가 사라진다는 가톨릭의 고해성사 같은 거라면? 저 혼자 홀가분해지면 그만?

깨달음에 관한 책은 계속 출간된다. 그런 책까지 낸 사람이니 그 저자들은 분명 깨달은 사람일 것이다. 사서 읽지 않으면 영영 무지렁이로 살다 갈 것 같다. 읽는다. 바쁜 시간에 책 한 권 읽었다는 뿌듯함은 있지만, 깨달음이 머리를 비우고 맘이나 편히 먹으라는 건 아닌 것 같다. 행위를 멈추면 생각이 멈춘다. 생각이 멈추면 생활이 멈춘다. 그렇다고 저자가 유유자적 행복하게 사는 것 같지도 않다.

〈깨달음의 역사〉라는 책이 있다. 세 번 정도 읽었고, 동영상 강연도 수차례 보았다. 그러던 지난해 말 〈PD수첩〉에서 "주지 스님을 만나면 몇천만 원 만질 수 있다. 2박 3일 여행 가자. 손만 잡고 잘게."라고 말한 게 그 저자라는 흥미 만점 인터뷰를 보게 되었다. "모델 출신 같네. 러브샷을 할까. 키스는 안주야." 깨달음의 역사를 꿰고 계신 분의 안주가 정말? 러브샷에서 주지 애인, 안주, 키스로 이어지는 통사구조. 대원각 요정이 길상사 절이 된 지 20년이 넘었는데, 그 호시절 어느 보살님과 노니시다 이제 와 요정의 언어를 날리시나. 아내가 절에 시주하면 그 돈 나한테 다 돌아온다는 유흥업소 사장님의 말에서 인간사 인드라망의 촘촘함, 깨달음의 역사를 배운다.

그래도 뭐 어쨌거나 깨달은 분들이시니 적어도 성향 다른 조간 뉴스들을 어떻게 봐야 하는지 가르쳐 줬으면 좋겠다. 책값을 냈지 않습니까! 아니면 전세가 좋을지 매매가 좋을지, 누굴 가까이 하고 누굴 가까이하지 말아야 하는지, 정말로 안철수가 계단을 뛰어 내려간 게 달리기 책을 내기 위한 집필의 일환이었는지, 누군가 가르쳐 줬으면 좋겠다. 모르겠다. 섣부르긴 하지만, 깨달음이란 게 대체 역사적 인간으로서의 삶과 관련이 있기는 한 건지 정말 모르겠다. 종교적 깨달음은 인생의 깨달음과는 별개의 것인지도 모른다. 아, 이 불경함. 자장 스님, 전두환의 아들은 출판사를 열고 인류의 역사를 전집으로 펴냈는데, 그 책 다 무슨 소용인가요?

　　이런 식의 저급한 의심들이 고래로 하고많아 불립문자不立文字라는 말이 있었다. 깨달음은 말이나 글로 전해지는 게 아니다, 그만 닥쳐라, 할! 일갈 뒤의 혁명적 단절 대신 잦아드는 파동을 바라본다. 낮은 근기로 태어난 운명, 어쩌겠나, 먹고 싶은 거 그때그때 챙겨 먹고 적당량에서 몇 잔 더 보태 마셔 취하고, 화를 참지 말고, 감정 숨기지 말고, 내뱉고 나선 여차저차 좋은 의도로 한 말인데 오해가 있었다는 말로 수습하고, 다른 나라 가서 밥 먹고 맥주나 마시면서 휴식, 힐링, '아무것도 하지 않기'스러운 사진이나 찍어야지. 저속하긴 해도 생활과 이상의 격차가 크지 않은 삶이라 무리하지 않아도 된다. 밀실에 앉아 갬블에 정진하고, 공양미로 빛 좋은 술을 바꿔 마신 다음 날, 달이 지지 않은 새벽 산사에 앉아 숙취를 해소하면서도 끝끝내 깨달음의 이상만은 놓지 않겠다는 서원을 세우고 살다 보면 나 같은 필부들은 정신이 사분오열되고 말 거다. 포커, 연애, 청정, 무욕, 정진. 이 모든 사태가 막힘없이 하나로 통하는 경지를 비근한 인생으로 어찌 감당할까.

정선까지 가기에는 너무 늦은 것 같았다. 버스가 남아 있을 것 같지가 않고, 정선에 가지 않으면 안 될 일이 있는 것도 아니라 굳이 서두를 이유가 없었다. 그렇다고 고한에 머물자는 생각이 현명한 것 같지는 않았다. 갬블러와 보더로 가득한 이 마을에 아직 잘 곳이 남아 있을지, 이후야 어찌 됐든 얼음 적멸에 이르기 전에 택시나 얼른 왔으면 싶은데, 택시는 정말 정확히 10분을 지키고서 도착했고, 산길 할증 구간이라 한낮인데도 동전은 빠르게 적립되어 갔다. 4km 거리라 걸어갈까도 생각해 봤지만, 추위보다 도로가 사나웠다. 이런 도로를 걸었다가는 곧장 한밤중의 고라니 운명과 겹칠지 모른다.

정암사든 월정사든 대개 이름난 절들은 차 없이 가기 어렵다. 출세간의 길에 이 정도 노고는 들여야지 순례요, 만행萬行이다. 인적 드문 시골 대중교통 사정이 그럴 수밖에 없고, 택시라도 오고 가 주는 게 감지덕지다. 하지만 어느 절이나 일주문으로 뻗은 도로들은 그 동네에서 드물게 잘 닦여 있고, 승려들이 모는 고급 SUV가 부드럽고 매몰차게 등성이 굽은 저편을 재빨리 돌아 사바의 세상에서 자취를 감춘다. 스님, 이래서 승차라는 말이 생겨난 겁니까? 아니다, 원근도 속도도 빈부도 불이의 세계에선 분별이 없는 것이니라. 수행자는 차를 타고 가나 걸어가나, 똑같은 속도로 세상을 가로지른다. 알겠느냐. 와, 정말, 평정심에 이르지 않고는 못 배기겠다. 평정에 가까워도 배고픈 건 어쩔 수 없다. 시장 구경이고 뭐고 식당부터 찾아야겠다.

다분히
오케이한 와중에
생겨난 의문들

'일체법을 깨달아 알면 자성에는 있는 바가 없고, 이같이 불성을 깨우쳐 알면 곧 노사나불을 볼 것이다.' 자장이 꿈에서 들은 인도 말 게송을 번역해 준 승려는 고마움을 표하는 자장에게 도리어 부처의 가사와 발우, 사리를 건네주고 사라졌다. 예상대로 '알고 보니 그게 문수보살이었다'는 것이 이 일화의 끝이다. 문수보살의 자유자재 자비하심으로 자장은 당에 들어온 지 일주일 만에 뜻을 이루게 된다. 문수보살의 폭넓은 역할극 때문에 하룻저녁 골머리를 앓긴 했어도, 유학 일주 차에 학업을 성취했으니 자장으로선, 이럴 거 그냥 쉽게 알려주시지 그러셨어요, 어리광을 부릴 계제도 아니었다.

"자장이 뜻을 이루었다." 이렇게 쓰고 나니까 일연에게 나머지 일들, 서울 구경을 하고, 당나라 고승 법상에게 보살계를 받고, 당나라 사람들에게 많은 이적을 보여주고, 계를 내려 주고, 종남산에서 3년간 은거 수행을 하고, 운제사에서 자신의 이야기를 〈고승전〉 안에 포함시켜 주는 도선을 만나 교류하고, 〈사분율〉이라는 계율을 전수받는 모든 행적들이 다 부차적인 일이 돼 버리고 만다. 득실이 명명백백 밝혀졌으니, 인생사 선후 따위가 뭐시 중했겠는가. 깨달은 자장에게 이후의 일은 중생을 위한 역사적 행보, 보살행이 되고, 그간의 고행, 수행은 다 두고 가야 할 수레가 되었다. 피안에 닿았으니 타고 온 수레는 그 자리에 두고 간다.

하지만 자장과 동시대 인물 도선은 〈고승전〉에서 이 부차적인 것들을 다 거치고 난 뒤에야 자장이 그 과보로 문수보살을 친견했다고 전한다. 인도 승려가 알려주고 간 이 게송이 실은 화엄경에 나오는 구절이라는 점과, 자장 이력의 굵직한 획이 바로 화엄경 강의였다는 점에서도 학습-결과의 순서로 자장의 당나라 행적을 파악하는 게 맞을 것 같다. 이렇게 보면 인도 승려 이야기 같은 건 당연히 일연의 창작이 되고 만다. 하지만 이야기라는 건 방편이므로 진실일 필요도 없고, 꾸며진 이야기라고 해서 진실이 아닌 것도 아니다. 극적인 구성 없이 전해지는 남의 인생 이야기가 뭐 얼마나 내 마음을 흔들겠는가. 일연의 진실은 자장의 이야기를 통해 고려 불교사의 맥을 짚고 읽는 이에게 불심을 솟구치게 하자는 것이지, 자장의 인생 역정을 사실대로 따져 보자는 게 아니다.

그러니까 일체법을 깨달아 자성을 버리고 부처를 바로 보라는 건 일연이 잘 짜 놓은 각본일 가능성이 크다. 일연이 실은 일연이 아니라 문수보살이었대도, 워낙에 연기 폭이 넓은 분이시니 그럴 수도 있겠다. 게다가 택시를 타고 시장 어딘가의 따뜻한 방바닥에 앉게 된 나의 입장에선 자장의 행적이 역사 연표와 꼭 맞아떨어져야 할 이유가 없다. 역사적 사실이나 연도 같은 건 오히려 부처에 이르는 길을 곧고 바르게 전달하려는 사람의 사명을 어렵게 만든다. 보살이란 분들부터가 역사 고증이 굉장히 잘 된 편인 불교사 안에서 매우 이단적이게도 근본 없이 등장하신 분들이다. 이분들의 등장 자체가 방편인 거고, 그래서 방편답게 제때 등장해서 역할을 잘 끝내고 퇴장해 주시면 나머지 일, 감동하거나 깨닫거나 살던 대로 무지하게 살거나 하는 건 각자 알아서들 할 일이다.

내가 예수 무덤이나 부처의 사리탑에 가고 싶다는 생각에 이르게 된 이유는 예수, 부처의 인생이 위대해서가 아니다. 인간으로 태어나 신의 반열에 오른 인간상을 완전히 그려내기 위해 수 세기에 걸쳐 수정과 편집을 거듭한 성전, 경전 편집자들의 결과물에 미혹돼서다. 수 세기에 걸친 수정과 편집 끝에 위대한 작품이 만들어졌고, 이것을 어떻게 활용할 것인가는 믿고 살아갈 사람들에 달린 문제다. 믿고 따라가든, 의심하고 검증하며 따라가든 경전을 의식하고 살아간다는 게 종교인들에게 남겨진 오직 하나의 삶의 방식이다. 온전히 믿거나, 안 믿는다고 뭘 또 어쩌겠나 싶어서 믿거나. 믿음의 범주에서 애초부터 벗어나 있었던 사람들은 의심조차 않는다. 의심 또한 믿음의 과정이므로 이 위대한 집적물들이 왜 그리도 오랜 시간 동안 수정되고 해석되어 왔는지 생각하는 것만으로 충분히 종교적 삶이다. 그러니까 종교라고 해서 꼭 사후의 세계와 접목돼야 하는 건 아니다. 종교란 삶의 문제이지, 죽음 이후를 내다보는 영매 같은 게 아니기 때문이다. 문제는 그걸로는 사람들을 매혹시킬 수 없다는 점이다. 전기세 내고, 성전 건축도 하고 벤츠도 타려면 사후라는 도파민이 필요하다.

일연의 붓끝에 실려 자장은 깨달음의 강 저편에 닿게 되었고, 나는 고한 시장을 샅샅이 살피겠다는 계획마저 쉽사리 포기해 버리고 오케이 식당에 앉아 육회와 육개장을 주문했다. 시골식당의 작명은 세련될수록 뜨내기장사일 확률이 높더라는 게 지방에서 터무니없는 음식에 미슐랭 값을 치러가며 갈고닦은 회한이었다. 태백산 줄기에서 정육 식당을 하며 오케이 정도의 작명을 하는 분들이라면 요리마저 못해서는 안 된다. 식당 안으로 들어가자, 꽤나 널찍한 실내가 구석구석 잘 걸레질 되어 있었다. 믿음이 간다. 작명 같은 하찮은 일에 쓸 시간을 걸레질에 투여하면 음식 외적인 면에서 식당 운영의 보장성이 높아진다.

이 정도 육회에 술을 주문하지 않으면 안 될 것 같지만, 대체 무슨 술을 마시는 게 좋을까. 소주는 싫어한다. 단백질 합성 실험을 할 것도 아닌데 알코올램프 냄새 나는 병맥주 같은 건 사양한다. 막걸리? 쌀밥을 앞에 두고 막걸리는 부담스럽지 않을까. 번뇌는 멀리멀리 연장된다. 국물을 뜨고는, 그저 오케이라고, 번뇌를 말아 먹었다.

이토록 다분히 오케이하게 배를 채우고서도 이상하게 생각됐던 건, 누가 식당 이름을 지었는가가 아니라 일연이 써 내려간 자장 생애의 결말이다. 자성을 버리고 부처를 보라는 장치가 의도한 게 자장의 온전한 깨달음이 아니라 그의 비참한 최후였다니, 신선한 결말이다. 이미 당나라 오대산에서 문수보살을 만났는데, 거듭 재회를 원하다 산중에서 비명횡사한다는 게 제대로 된 결말일까? 자장은 왜 그토록 구슬픈 임 찾기에 거듭 실패하다 회한을 토하며 쓸쓸히 죽어가야 했을까?

"그대 나라 명주 땅에도 오대산이 있다. 그곳에 1만의 문수보살이 살고 계시니 돌아가거든 그곳에서 예배를 올리라." 이 말은 인도 사람과 중국 사람을 오가는 문수보살의 상황극 중에 나왔던 비극의 서막이었다. 본국의 호출과 별개로 자장은 신라로 돌아가야 할 이유가 따로 있었던 것이다. 643년 자장은 당 황제에게 귀국을 알린다. 반대로 당 황제가 너희 나라에서 너 찾더라고, 그만 돌아가 보라 했다는 설도 있다. 황제와 그 아들, 당나라 귀족들은 전별 선물로 비단과 대장경, 불상을 수없이 안긴다. 그 안에는 자장이 나의 인생에 흘러들어온 유일한 계기, 한국 불교의 요체가 되는 부처님의 진신 사리가 들어 있었다.

자장은 온 나라의 환영을 받으며 서라벌에 입성한다. "불교가 들어온 지 100년인데 아직 체계가 바로 서지 않은 건 말이 안 되는 일 아니오." 선덕여왕은 재상들을 불러 모은 자리에서 일단 경각심을 일깨운 다음, 분위기를 부드럽게 전환하며, 그리하여 필연적인 귀결로 자장을 대국통에 임명하겠다고 선언한다. 승단에 관련한 모든 일이 자장에게 위임되었다. 그것은 물론 귀족들 간 권력 다툼에서 왕실의 편에 서서 여왕의 권위를 세우라는 암약이기도 했다.

사리가 신앙의 대상이 되었던 건 인도 아쇼카 왕에서부터 전해오는 왕권 강화의 전형적인 방식이었다. 인도인들은 탈속의 부처와 세속의 전륜성왕이라는 두 측면의 이상적인 왕을 기다려 왔다. 요새 텔레비전에 나오는 인도 사람들을 봐서는 아직까지 기다리는 건 확실히 아닌 것 같지만, 국경을 넘으면 아직도 수억의 불자들이 미륵불의 도래나 지상을 천국으로 탈바꿈시킬 전륜성왕을 기다리고 있다. 석가모니 부처가 태어난 날에도 아시타라는 이름의 점성가 비슷한 사내가 나타나 이 아이는 커서 부처가 되거나 전륜성왕이 될 거라고 예언했다. 부처와 전륜성왕은 몸에 나타나는 서른두 가지 신체 특징이 같고, 전륜이라는 바퀴를 굴린다는 것도 같다. 전륜성왕에게는 무기가 되고 부처에게는 진리의 말씀이 된다는 의미는 다르지만, 통일제국이든 민중의 구원이든 메시아 도래를 갈망한다는 의미는 같다. 온 세상을 다스리거나, 깨우치게 하거나. 부처와 전륜성왕은 하나의 의미로 받아들여져 왔다. 어느 나라나 왕실에서 먼저 불교를 적극적으로 받아들여 왔던 것도 내가 바로 그 전륜성왕이라는 믿음을 퍼뜨리는 게 정권 교체나 공고화에 기여하는 바가 컸던 까닭이다.

　사리 신앙은 민심을 모으고 정적을 제거하는 무기로 적극 도입되었다. 부처의 육체였던 진신사리의 소유는 왕권의 정당성을 보증해 주는 증표가 될 수 있었다. 자장은 분황사에 머물며 승단의 복식, 계율을 정비한다. 현장 스님이 손오공 없이도 인도에서 불경을 얻어 당나라로 돌아온 645년, 자장은 경주 황룡사에 9층 목탑을 건립하여 호국불교라는 신라 불교 이념을 확립한다. 그리고 이듬해 통도사 금강 계단을 세운다. 한번 부처의 계를 받으면 금강처럼 깨지지 않는다는 의미로 금강이었고, 출가 수행자들의 모든 수계 의식은 이 계율의 단상에서만 치러졌다. 계단 안에는 부처의 진신 사리가 봉안되었다. 이 확고한 자취 위에서만 승단의 계율이 완성되는 것이다. 자장의 불사리 봉안 업적은 두 문헌에서만 기술되는데, 하나는 일연이 오대산을 언급한 것이고, 나머지 하나는 일연과 동시대 유학자인 민지가 통도사 금강계단을 언급한 것이다. 나머지 세 곳, 영월 법흥사, 설악산 봉정암, 정선 정암사는 자장에 관한 공식 기록이 아닌 설화에만 유래를 두고 있다.

계율이 불교 수행의 시작이라면 정진 끝에 닿아야 할 이상적인 마지막은 역시 깨달음이었다. 자장은 오대산에 들어가 중대 어디쯤 진신사리를 모셨다. 지혜의 상징 문수보살의 거처에 부처의 육체 일부까지 깃드니 깨달음의 처소가 금강의 권위까지 보유하게 되었다. 통도사에서 뜻을 세우고 오대산에 들어가 궁극의 깨우침을 얻는다. 아상을 깨고 부처를 바로 보려는 자들의 시작과 끝이 이렇게 이어지게 되었다. 정암사 수마노탑은 고려 시대 건축이므로 자장이 그 안에 사리를 봉안했다는 건 가당찮은 얘기고, 정암사의 의의는 역시 자장의 입적과 관련한 설화에 있다.

비극에 몰입해
살아간다

"돌아가리라, 돌아가리라. 아상을 가진 자가 어찌 나를 볼 수 있겠는가."

　비참하고도 고독한 자장의 단발 비명의 순간이 느닷없이 다가왔다. 자장은 보통 650년에서 655년 사이, 80세 즈음하여 황룡사에서 입적했다고 전해지지만, 일연의 기록은 다르다. 자장은 일선에서 물러나 명주 땅, 지금의 강릉에 수다사라는 절을 세우고 머물고 있었다. 어느 날 꿈에 문수보살이 나타나 내일 대송정大松汀에서 만나자고 한다. 자장은 다음 날 아침 일찍 송정으로 가서 문수보살을 만난다. 불법의 요체, 진리의 본질, 법요가 무엇입니까? 난해한 질문이라서인지, 아직도 그 질문인가 싶어서인지, 문수보살은 태백산 갈반지에서 다시 보자며 자취를 감춘다. 갈반을 한자 사전에서 알려주는 대로 해석하면 칡이 얽힌 곳인데, 갈반지라는 동네가 있었던 건지, 칡이 얽힌 곳이라는 건지 모르겠다. 다들 모르는 채 갈반지라고만 기록하고 있다. 자장은 제자들을 데리고 오대산에 들어가 지금의 월정사 터에 풀더미로 임시 움막을 짓고 3일간 기도를 올린다. 태백산 갈반지를 찾아내기 위한 준비였는지, 태백산맥의 특정한 갈반지가 오대였는지는 모르겠다. 기도를 마친 자장은 안개가 너무 짙어 문수보살이 오시지 않는 것 같다며 잠시 물러났다가 다시 7일간의 일대 용맹정진에 들어간다. 그러고도 문수보살은 나타나지 않는다. 아, 아, 태백산 갈반지. 그래, 갈반지. 태백산 갈반지라 하셨는데 내가 여기서 뭐하고 있었지. 기도가 아니라 장소가 틀렸던 거라고 치고, 아이고, 보살님 기다리시겠다, 자장은 오대를 떠나 태백산으로 간다.

자장은 제자들과 함께 갈반지가 어디일까 찾아 헤맨다. 그러다 구렁이가 똬리를 틀고 있는 처소를 보고선, 너무 놀라 다리가 굳었을 와중에도 거기가 갈반지일 거라 확신한다. 자장과 제자들은 구렁이를 살살 쫓고 거기에 움막을 짓는다. 자, 생사를 가름할 기도에 들어갈 차례다. 저 자리가 뭐라고 저러나, 구렁이가 갸웃하며 떠나갔을 그 자리가 오케이 식당에서 택시로 10분 거리에 있는 지금의 태백산 정암사다.

일연은 이제 대단원의 마무리, 다소 이해할 수 없는 비극을 향해 붓에 마지막 먹을 축인다. "자장 안에 있는가, 어서 나와 보게나." 감히 스승의 이름을 함부로 부르는 자 누구인가? 분기에 찬 제자들이 거적문을 박차고 나와 보니 탱천한 분노를 머쓱하게 할 정도로 비루한 노인 하나가 망태기에 죽은 개 한 마리를 넣고 서 있었다. 제자들이 기도 안 차는 표정을 숨기지 못하고 그냥 돌려보낼까 하다가, 스승의 의중이나 여쭙자 싶어 묻는다. 웬 거지 하나가 스승님을 보자고 합니다. 나오시래요. 거적이 무슨 방음이 된다고, 처음부터 다 듣고 있었을 자장은 인자한 말씨로, 뭐 미친 사람 아니겠나, 몸 성히 돌려보내라 이른다. 제자들이 스승의 전갈을 노인에게 전하려는데, 거적 한 장으로 가려지지 않는 모욕의 말을 이미 들은 터, 노인이 처연하게 말한다. 아니다, 매섭게 말했을지도 모르겠다.

"돌아가리라, 돌아가리라. 아상을 가진 자가 어찌 나를 볼 수 있겠는가."

노인이 메고 있던 망태기에서 죽을 개를 털어내자 개가 사자 모양의 보좌로 변한다. 노인은 남루를 벗어던지고 그 위에 훌쩍 올라앉아 휘황한 빛을 뿜어낸다. 문수보살의 보좌를 본 제자들은 당황하여 스승에게 소리를 치지만, 문수보살은 어느새 빛을 몰고서 남쪽 하늘로 날아가고 있다. 스승님 우리 이제 망했어요. 땅을 치는 제자들을 버선발로 뛰어넘으며 자장은 그 빛을 따라 심산유곡을 거침없이 헤쳐 들어간다. 축지법을 배웠다 한들 빛을 따라잡을 잽싼 걸음이 어디 있으랴. 아득히 사라지는 빛을 하염없이 바라보며 자장은 엎어져 통곡한다. 그리고 지상에서의 마지막 말, 단발의 비명을 남기고 죽는다. 신라 최고의 고승에서 회한 많은 여든 노인으로 급전직하, 쓸쓸하고 처절한 한 생은 이토록 갑작스럽고 황망하고, 심지어 비참하게 마무리된다. 처량하구나, 자장의 제자들이여!

문수사리文殊師利, 문수보살은 불교인들에게 지혜의 상징으로 섬겨진다. 미륵, 보현, 지장 등의 보살들은 열반에 이른 현세의 석가모니 부처를 대신할 미래불이 필요해 가상의 부처로 만들어진 이야기지만, 유독 문수보살에게는 실재했다는 설화가 남아 있다. 문수사리는 석가모니 사후 인도에 태어나《반야경(般若經)》을 결집, 편찬했다고도 한다. 보현보살普賢菩薩과 함께 비로자나불毘盧遮那佛 옆에 모셔지는 협시보살脇侍菩薩이지만, 보통 절에 가면 가운데 석가모니 불상 옆에 앉아 있다. 좌측의 문수는 지혜를, 우측의 보현은 실천을 의미한다. 보현보살이 실천적 구도자라면 문수는 지혜의 표상인 것이다.

자장은 중국의 오대산에서 문수보살에게 자성을 버리면 곧장 비로자나불을 볼 수 있다는 계를 받았다. 그리고 그대 나라의 오대산을 개산하라는 뜻을 받들고 귀국하여 황룡사 9층 탑에서 통도사, 오대산으로 이어지는 불교의 맥락을 완성하였다. 하지만 허다한 중과업이 다 무색하게 꿈에도 사모하는 마음을 놓지 못한 문수보살에게 아상에 발목 잡힌 놈이라 욕을 얻어먹는다. 성문 밖 예수는 본래 처소가 그곳이지만, 거적 문밖 문수는 꿈에서, 그리고 실제로 그토록 자주 찾아 주던 자장에게 그날따라 느닷없이 난해한 변장을 하고 나타나 자신을 한번에 알아봐 주지 않는다고 힐난한다. 노년에 일생을 그르치는 게 인간 목숨에 드물지 않은 수순이기는 하지만, 그래서 실제의 이야기라면 손색없는 결말이라 할 수도 있겠지만, 지금 주연 배우는 자장 스님이다. 일연이 그토록 오랫동안 끌어오던 자장의 생애를 돌연 이렇게나 비참하게 앙갚음해야 할 이유가 따로 있었던 걸까?

선덕에서 진덕을 거치며 신라 북쪽 국경인 강원도 지역에 문수신앙을 보급하려는 의도가 토착세력의 반발로 실패하며 자장의 정치적 몰락이 종교적 몰락으로 이어졌을지 모른다는 설명이 있다. 신라가 삼국 통일 직후 당나라와 대립하게 되자 친당파 자장의 입지가 좁아진 게 아니겠냐는 추측도 있다. 하지만 그건 역사 기록자의 역할이지 몽골 항쟁에 이르러 부처의 힘으로 국난을 극복해 보고자 했던 일연의 붓끝에서 나올 이야기는 아니다. 교단의 완성자 자장의 정치적 몰락을 승려 일연이 비유적으로 그릴 이유는 없는 것이다. 그것도 다른 기록에는 없는 독단적이고 극단적인 창작으로.

당연히 이러한 실패담이야말로 결국 죽음 앞에 패배할 수밖에 없는 인간의 한계를 그리기에 매우 적절하고 가슴 아릿한 내용이긴 하다. 정진 끝에 실패한 죽음을 맞은 고승이라는 비극이 흔한 얘기도 아니고. 그래서 자장의 생애가 종교인치고는 전무후무한 매력을 갖고 있기도 하다. 대개 설화 속 고승들은 문득문득 시도 때도 없이, 난데없이, 잘도 깨닫고, 술이든 연애든 할 거 다하고 살면서도 거칠 것 없이 살았네, 무애행을 밟았네, 칭송받는다. 동네에서 손금이나 봐주던 중에게도 단발의 비명을 지르고 산속에 코를 박고 죽었다는 결말은 붙지 않는다. 자장은 승천하지도 않았고, 영롱한 사리 한 움큼 남기지도 못했고, 뼈가 국가사찰 9층 부도탑에 모셔지지도 않았다. 평범한 노인이 되어 기저귀를 차고 이불에 쌓여 숨을 거두는 호상도 못 누렸다. 그가 쓰러진 골짜기는 요즘 세상에도 찾아가기 힘든 오지, 겨울이 6개월쯤 되는 절멸의 추위가 도사리는 곳이다. 버스 정류장을 잘못 내린 작은 실수 하나가 사인이 될 수도 있다. 부검을 해 봤자 사인 란에는 버스정류장 혼동이라고만 적히는 곳.

〈홍길동전〉의 저자 허균은 말한다. 깨닫는다는 건 그림자나 메아리 같이 실체가 없는 것이다. 자장은 메아리가 아니라 목소리의 실체를 집요하게 추구한다. 산에서 외로이 숨을 거둔 실패한 구도자란 결말을 향해 꾸역꾸역 걸어간다. 정말 낭만적인 이야기 아닌가. 그래서 이 낭만의 여정은 무궁화호를 타고 강릉으로 가서 서울행 KTX를 갈아타고 진부에서 내리는 단계로 접어든다. 내일 아침이면 오대산 월정사와 적멸보궁에 닿게 된다. 물론 이 순례 이야기는 황태를 사서 집으로 돌아왔다는 가정적인 일화로 끝을 맺지만, 자장의 죽음, 깨달음의 추구, 비극적 결말은 인간 삶에서 그리 비극적인 결말이 아닐 수 있다는 보다 비장한 행로로 접어든다. 허균, 김대건의 죽음이라는.

인간은 희극보다 비극에 몰입이 쉽고, 그래서 나 또한 삶을 적이 희망적으로 바라보는 척하면서도 내심은 비극에 매달려 살고 있었다. 비극은 내가 살아가는 힘이었다.

나는 만족과 자족으로 살아가는 법을 배우지 못했다. 내가 받아온 지방 도시 공교육이 특별하게 그저 그래서였기 때문은 아니다. 심지어 내가 그 후진 교육의 우등생이었기에 돋보이게 그저 그런 삶을 살게 된 것도 아니다. 나는 비극에서 살아갈 힘을 창출하는 방법밖에 배우지 못했다. 희망찬 미래라는 건 국가적 경제성장, 개인적 자산증식, 그리하여 어찌어찌 권력에 가까워지면 더 좋고, 땅값이 뛰었다면 '엘리 엘리 라마 사박다니, 신이시여 나를 버리셨나이까' 세상을 원망하던 사람들도 감사 헌금 봉투를 챙기는 세상.

교회도, 절도, 구원도, 깨달음도, 지속적 헌금을 위한 미끼일 뿐이고, 그저 그런 교육과 마주잡은 두 손을 놓아 본 적이 없다. 합격 100일 기도도 꽤나 돈이 되고, 죄 많이 짓고 죽은 사람도 자손들이 49재, 천도제를 치러주며 돈 많이 내면 단 이슬 먹고 극락 간다. 깨닫거나 구원받으신 분도 어딘가 있을지 모르지만, 이다지도 눈에 띄지 않는 이유는 뭘까. 그분들 세계에서 따로 스도쿠라도 풀면서 문제없이 살아가시는 모양이다.

읽어야 할 건
자장이 아니라
다음 장이다

자장은 그리고 일연은 도대체 문수보살과 몇 번을 만나야 깨달음이 완성된다고 생각했던 걸까. 둘 다 의존 성향이 심했던 걸까? 스스로 신라 불교 대국통이 되었으면서, 죽는 날까지 한시도 계율을 범하지 않았다면서, 자기 자신을 돌이켜 확신이라고는 전혀 없었던 걸까? 그는 거듭 되묻고 싶었던 걸지 모른다. 내가 틀린 건 아닙니까? 문수여 불법의 요체를 알려 주소서. 그는 확신 없이 살았고, 나는 그 모습에 쉽사리 이입되고 말았다. 그는 삶을 절대적인 비극으로 설정했다. 아직 의심을 거둘 수 없음, 어쩌면 죽는 날까지 확신할 수 없을지 모름. 그 비극의 요체가 그를 수차례 산속으로 몰고 갔고, 수행에 몰입하게 했고, 어릴 적 바람대로 산속에서 죽게 했다. 자문해 본다. 나는 정말 어리석은가? 어떤 식으로든 나아져야 하는가? 지금 이 모습으로 살아가면 안 되는 것인가?

이 이야기에서 놓친 부분이 있다는 사실을 〈삼국유사〉의 다음 장을 펼쳐 보고 나서 알게 됐다. 매양 눈에 띄기에 오히려 그게 원인일 거라고는 생각 못한, 바로 그 용의자, 이웃 사람, 일연의 동향 선배, 경주가 아닌 경산 사람, 원효. 자장이 이상에 사로잡혀 죽는 것으로 마무리한 뒤 바로 다음 장에서 원효불기, 원효는 얽매이지 않는다는 새로운 장을 시작하는 일연. 계율을 세웠다는 자장 뒤에 계율 따위에 매이지 않는다는 원효를 이어 붙이는 극적 배신, 아니 배치. 자장은 교단 운영을 위한 틀을 마련했다. 그는 당에서 교류했던 도선 스님에게 〈사분율〉을 배워 그를 근거로 교단을 숙청하고, 엄격한 계율을 따르게 했다. 하지만 원효의 계는 파계였다. 자장이 내세운 〈사분율〉은 소승의 계율에 가까워 오로지 출가자들만을 대상으로 했으나, 원효에게 부처란 중생을 구제하는 자비심이고, 엄격한 계율 같은 건 터무니없이 높여 놓은 문지방 같은 거였다. 계율을 지켰느냐 어겼느냐를 묻지 말고 왜 지키는가를 물으라. 그는 파계하여 대승적 보살행을 밟았다. 교단의 수호자들과 부딪칠 수밖에 없었고, 그들에게 배척당했다. 당신의 제자들이 안식일의 율법을 어겼다고 항의하는 자들에게 예수는 내가 안식일의 주인이라는 강단을 보여주었다. 사람이 안식일을 위해 있는 것이 아니라 안식일이 사람을 위해 있다, 이놈들아. 저 도저한 예수의 인간주의. 계율은 깨닫기 위한 방편일 뿐, 중생의 삶에 걸리적거리는 게 있다면 내가 다 치우고 가겠다는 원효의 광기. 그들은 이미 지상의 천국에 살고 있었는지 모른다.

원효는 진평왕 즉위 시절인 617년에 태어났다. 자장이 608년생이니 대략 열 살 차이. 자장이 당으로 간 해를 638년이라 설정하면, 원효의 당나라 행은 12년 뒤 650년이다. 처음, 의상과 육로로 당나라 유학을 시도하지만 고구려 땅에서 첩자로 오해받아 고초만 당하고 돌아왔다. 그리고 얼마 뒤 정확한 해를 알 수 없는 어느 때, 이번에는 바닷길로 당나라 행을 시도한다. 지금의 충남 천안으로 추정되는 당항진이란 곳에서 그들은 비를 피해 동굴에서 잠을 잔다. 원효는 이날 밤 해골 물 사건을 겪으며 유학의 뜻을 접는다. 해골 물 사건은 두 가지 버전이 있다. 전날 밤 마셨던 다디단 물이 해골에 고인 썩은 물이었다는 걸 알고 구토를 하다가 아, 모든 건 마음에 달려 있구나 하고 깨달았다는 이야기와 동굴인 줄 알고 잤는데 일어나 보니 무덤이었고, 다음 날 밤 온갖 귀신에 희롱당하다, 마음이 일어나면 법이 생겨나고, 온갖 법은 결국 마음 하나, 한마음一心임을 깨달았다는 이야기다. 마음이 생기면 법이 생기고, 마음이 사라지면 동굴과 무덤이 둘이 아니다. 심생고종종법생心生故種種法生 심멸고감분불이心滅故龕墳不二. 익히 들어온 일체유심조一

切唯心造의 깨달음이다. 그런데 일체유심조의 문구를 듣고 외웠을 뿐 아니라 실로 원효와 같은 사건이 나에게도 일어난 적이 있었다.

　오래전, 두 달에 한 번꼴로 월급을 건너뛰는 사람들이 벌이는 진보적, 인간적 일의 시다로 고용된 적이 있었다. 어째서 서열, 학벌주의에 인간성마저 저질인 사람들이 좋은 일만 골라 해야 하는가 고민하며, 출근하자마자 자료를 찾는다고 대형 서점, 도서관을 돌아다녔다. 그날은 1호선을 타고 망월사역으로 갔다. 당시 신흥전문대학교, 지금의 신한대학교 도서관은 출입증이 따로 있지 않아 시험공부 하러 온 중고등 학생들이 연애만 하다 가는 곳이었는데, 내 친구 하나도 매일 그곳에서 토익과 적성 검사 문제집을 풀고 있었다. 그 친구와 다섯 시에 망월사역 앞에서 만나기로 하고 그가 하루 공부 시간을 채울 동안 나는 망월사에 다녀올 생각이었다. 망월사는 만해 한용운의 유일한 상좌이자 무애도인으로 이름을 떨친 춘성 스님이 계시던 곳인데, 나는 그 스님에 관한 일화들을 꽤나 찾아 읽었다. 스님의 생이 거의 다 했을 때 젊은 스님 하나가 내생을 물었다. 스님 내생을 믿으시나요? 필요 없다. 군더더기다. 그럼 내생이 없다는 건가요? 필요 없어, 시팔 놈아. 그러고선 시원스레 가셨다. 그물에 걸리지 않는 바람처럼 거칠 것 없는 경지를 입으로 구현하셨던 거다.

　등산객 하나 없는 등산로를 천천히 오르다 중간에 커다란 바위 앞에 있는 약수터에서 점심을 해결할 기세로 물을 마셨다. 해장을 했던 건지도 모르겠다. 망월사 마당을 몇 바퀴쯤 돌다, 절 마루에 앉아 꾸벅꾸벅 졸다 네 시쯤 하산 길에 들었다. 내려오는 길에도 그 약수터에 들러 바가지에 물을 채우고 있는데, 그제야 옆에 붙여 놓은 수질 검사표의 빨간 글씨가 보였다. 수질 불합격, 음용에 부적합, 마시지 마시오, 뭐든 간에 한통속의 말. 약수가 나오는 관 바로 위에는 음각으로 한자 다섯 글자가 새겨져 있었다. 일체유심조—切唯心造. 모든 것은 마음에 달렸다. 마음이 사라지면 적합이든 부적합이든 다 코웨이다. 일체유심조라 이거지, 그런 깨달음으로 친구와 만나 칼침 소리 낭랑한 영화를 보고 술을 마시고 어느 집에선가 잤다. 그리고 10년, 모든 일이 마음먹기에 달려 있어 나는 집안에 코웨이 정수기를 두고 오로지 위생만을 추구하며 살았다.

원효의 일체유심조는 어찌 되었나. 그는 위로는 깨달음을 추구하고 아래로는 중생을 교화한다는 상구보리 하화중생下化衆生의 길로 들어섰다. 중생 제도는 강단, 교단에서 하는 것이 아니라 중생 안에서 이루어져야 한다고 생각하고 그 자신 중생이 되었다. 그에겐 일상이 열반이었다. 열반이 일상이었다? 뒤집어서 말하면 뜻이 좀 다른 것 같으니, 말했던 대로 일상이 열반이었다. 교단의 주류는 자장과 같은 국가불교주의자들에게 있었지만, 원효가 저잣

거리에서 벌인 대중화 쇼, 미친 사람 행세는 수많은 중생을 불교 수행의 길로 들어서게 했다. 자장은 왕실 가까운 진골 출신에 당 유학파 출신이었다. 그는 황룡사 9층 목탑, 황룡사 장육 존상, 진 평왕의 옥대를 국가의 세 가지 보물이라 추앙했는데, 불보 둘에 왕 의 옥대 하나가 의미하는 것은 신라왕이 바로 전륜성왕이라는 정 치적 짜 맞춤이었다. 국회 조찬 기도회 같은 최하등의 종교 퍼포 먼스. 부처에 귀의한다는 것은 부처와 같은 깨달음에 이르기 위한 길에 들어선다는 것이다. 누구에게나 불성이 있고, 깨달음의 길은 하나만 있는 게 아니다. 스승이 이것이 부처의 길이라 하면 스승 을 죽이라 했고, 부처가 이것이 나의 길이다 하면 부처를 죽이라 했다. 그러나 자장의 교단 정비는 종교를 정치에 복속시키며, 깨달 음의 다양한 방편들을 '나라를 흥하게 한다'는 하나의 대의로 일 원화시켰다. 절들은 모두 국가의 하부조직에 편제되었고, 민중은 신앙에서 유리되었다. 불사는 왕권 상징성 제고, 호족 세력 제압, 부역 관리 등의 국가적 목적으로 시행되었다. 고려가 이은 국가불 교는 조선에 이르러 국가를 망친 폐단으로 지목되어 유폐되었고, 해방 후 일본식 대처승들을 제거하는 종단 정화 운동은 친일 정권 이 반일 감정을 이용해 자신들의 치부를 가리려는 정치적 쇼였다. 80년대 조계종 종정이 '사람들은 당신을 미워하지만 그건 사람들 이 당신을 모르기 때문입니다. 사탄과 부처는 허망한 거짓 이름,

당신이 부처인 줄 알 때 미운 마음 고운 마음 모두 사라지고 당신을 부처로 보게 될 것입니다'라는 시를 지어 전두환에게 꽃 나팔을 분 일. 신라 이래 한국 불교는 지금껏 단 한 번도 국가 조직, 정치 행위에서 벗어나 본 적이 없다.

원효는 경주 사람이 아니라 상주 사람, 지금의 경산 출신이고, 골품에 속하긴 했으나 정확한 품은 알 수 없어서, 이왕이면 하는 마음에 6두품으로 통용되고 있다. 골품의 한계가 국가불교에서 멀어지게 하는 단초가 되었을 수도 있지만, 원효는 한 마음을 깨달았으니 계급이든 국가든 마음에 걸릴 게 없었다. 일체무애인 일도출생사一切無碍人一道出生死, 일체 걸림이 없는 사람은 한 길로 생사를 벗어난다. 이 한 마음이 모두의 것이라고, 누구나 불성이 있다는 대승의 가르침을 전하며, 원효가 머문 곳도 하층 사람들, 화전민 엄장, 짚신 장수 광덕 같은 사람들 곁이었다. 그가 이들에게 보여 준 성불의 길은 나무아미타불만 외도 정토에 갈 수 있다는 아미타 신앙이었다. 그 어렵다는 의상의 〈화엄일승법계도〉를 이해하지 않아도 성불에 이를 수 있다. 의상이 화엄경의 요체를 축약해 그린 〈화엄일승법계도〉가 어떻게 생겼는지 찾아보고 나서 나 또한 가슴을 쓸어내렸다.

달님이시여

이제 서방정토로 가십니까

무량수부처님께 말씀 전해 주십시오

다짐 깊으신 부처님께 우러러 두 손 모아 비오니

그곳에 닿길 원합니다, 그곳에 닿기를 원합니다

그리워하는 사람 있다고 전해 주십시오

원왕생, 원왕생, 살아서 아미타부처가 계신 서방정토에 가길 원합니다. 신라 시가 〈원왕생가〉의 한 대목이다. 분황사 인근 마을에서 신발을 만드는 광덕과 화전민인 엄장은 절친한 사이로 서방정토 왕생의 뜻을 세우고 함께 정진했다. 그러다 혹 둘 중 하나가 먼저 떠나게 되면 꼭 알리자고 했다. 어느 날 저녁 엄장이 창밖에 무슨 소리가 있어 나가보니 구름 속에서 '나 먼저 가네' 하는 광덕의 목소리가 들렸다. 엄장이 광덕에 집에 찾아가니 과연 광덕이 죽어 있었다. 엄장은 광덕의 아내와 장례를 치르고, 그를 거두어 살림을 차렸다. 어느 날 엄장이 자신의 처가 된 전 광덕 처와 동침을 하려 하자 여자가 말하길 광덕은 자신과 살며 잠자리를 하지 않고 오로지 달빛에 올라앉아 아미타불만 외웠는데, 당신이 하는 짓을 보니 지옥에 간다고는 말 못 하겠으나 서방에는 못 갈 것이라 엄히 꾸짖었다. 엄장이 부끄러워 원효를 찾아가 수행법을 알려 달라 하니, 원효가 화전민인 엄장에게 익숙한 삽으로 수행하는 법을 알려준다. 집으로 돌아온 엄장이 삽으로 스카이 콩콩을 탔는지, 무덤을 팠는지 알 수는 없지만 이윽고 엄장도 서방으로 가게 된다. 일연은 이 대목을 칭송한다. 원효가 열어젖힌 깨달음의 문은 누구나의 것이며, 글을 모르는 이도 염불을 외고 부처의 이름을 마음에 새길 수 있게 되었다. 원효는 자장이 산속에서 닦은 백골관이야말로 아상에 집착하는 수행법이라 비판했다. 그것이 자연스레 일연에게 아상에 사로잡혀 객사하는 자장의 모습으로 이미지화됐을 것이다.

그러나 이상하게도 원효가 창건했다는 역사적 근거가 있는 절은 하나도 없다. 원효를 종조로 하는 종파도 없다. 그러면서도 원효가 창건했다고 주장하는 사찰은 전국에 수없이 많다. 아무 데나 바위만 있으면 원효가 수행하던 곳이라 한다. 그건 기실 원효가 아무것도 하지 않았기 때문에 가능한 거짓말이고, 그 거짓말 속엔 원효가 이루어내지 못한 것이 없다는 진실이 있다. 불도는 구하는 이들의 손에 닿는 어디에나 있다. 진리가 머무는 처소는 거룩한 갈반지가 아니다.

콜롬비아가 아니라도,
케냐가 아니라도

KTX 진부역 앞에서 월정사까지는 걸어서 두 시간. 조금씩 눈이 쌓이고 있었다. 신고 온 운동화가 양말을 지켜줄 수 있을까. 1분 정도 망설이다 월정사까지 올라가는 버스를 탔다. 걷기에 좋은 길도 아니었다. 부처의 진신 사리를 모신 곳이면 전부 적멸보궁이라 부르지만, 원래 보궁이란 말은 오대산 중대만을 특정한 명칭이었다. 동대 만월봉, 서대 장령봉, 남대 기린봉, 북대 상왕봉이 중대 풍로산을 감싸고 있다는 설명은 아무리 지도를 들여다봐 봤자 실감하지 못한다. 이곳에 월정사가 창건된 것은 자장이 오대산 중대에 진신사리를 봉안했다는 〈오대산 사적기〉의 기록 때문인데, 삼국유사에는 나오지 않는 내용이다. 오대산 북대, 오대산 아래 태화지

연못에 봉안했다는 기록도 있다. 정말로 자장이 오대산에 왔는지, 언제 왔는지, 월정사 터를 잡았는지, 거기에 움막을 짓고 기도를 올렸는지, 확실한 건 없다. 확실한 건 자장이 중대에 부처의 머리뼈 조각을 봉안했고, 그 자리가 적멸보궁이라는 몇몇 설화의 파편을 엮어 월정사 창건기를 썼다는 것이다. 신효, 신의 두타, 신란, 성덕왕의 왕자 시절. 온갖 이야기는 월정사가 왕실의 지원을 받았을 거라는 정황을 이야기해 줄 뿐이고, 한때 사리탑으로 오해되던 8각 9층 석탑은 고려 전기에 만들어졌으므로 뼈와는 관련 없다.

월정사 일주문 문지방을 넘으면 저 멀리까지 끝이 보이지 않는 전나무 숲길이 이어진다. 안내판에는 900m라고 쓰여 있다. 체감상 반쯤 걸었을까 싶을 때 제일 먼저 나오는 전각은 성황각이다. 성황 신앙은 고려 문종 1050년 전후해서 들어왔다고 하는데, 마을 입구나 마을로 들어오는 길에 세워 두는 수호신이다. 토속 신앙과 도교 신앙이 결합되어 불교가 수용될 때 포교를 위해 자연스레 절 안에 있게 된 포섭의 방증들이다. 부뚜막신으로 불리는 조왕신은 옛날 어머니들이 사발에 정화수를 떠 놓고 가족의 안위를 비는 신이었는데, 이 신앙이 기독교에 흡수돼 새벽기도가 되었다. 절마다 있는 산신각도 토속 신앙과 도교가 혼합된 형태인데, 종교의 순수성이란 오로지 간절히 바라고 기도하는 마음 안에만 있다는 반복되는 방증이다. 숲길을 빠져나와 금강교를 건너 사천왕문으로 들어서면 커다란 종이 걸린 금강루가 보이고 그 아래, 월정사 마당으로 들어가는 금강문 저편으로 부처의 땅이 보인다. 금강, 벼락같은 깨달음의 문. 그렇게 이른 피안 한가운데 8각 9층 석탑이 있고, 석탑 앞에는 석가모니불을 모신 적광전이 있다. 다 봤네. 더 할 게 없다. 절이라도 할까? 상원사를 거쳐 적멸보궁까지는 걸어서 세 시간이다. 내려오는 버스가 6시 너머까지 있으니 서둘러야 하는 건 아니지만, 산길과 추위, 마음이 쪼그라든다. 신발 벗는 게 제일 귀찮다.

> 월정사에서 상원사까지는 삼십 리 길이다. 개울의 징검다리
> 를 건너서 화전민의 독가촌을 지나기를 몇 차례
>
>   - 지허 스님, 〈선방일기〉, 불광출판사

지허 스님은 한국전쟁으로 불타버린 월정사의 폐허에 서서 처연하게 9층 석탑을 바라보다 상원사로 간다. 상원사에 이르는 계곡을 따라 화전민들이 일군 몇 개의 마을을 지난다. 이제 살림의 흔적은 없다. 사람의 흔적은 오로지 포장 안 한 도로에 이는 먼지뿐이다. 월정사에서 상원사에 이르는 약 8km의 길은 포장이 되어 있지 않다. 차가 지날 때마다 바지 무릎까지 먼지에 쌓이지만, 포장을 했다면 더욱 속도를 냈을 테니 턱밑까지 욕이 쌓였겠지. 비포

장길 덕에 국도가 아닌 산속을 걷고 있다는 느낌도 든다. 이곳이 저 아래 진부 읍내에서 얼마나 깊이 들어와 있는 곳인지, 바람 소리만으로도 경외감을 느낀다. 그래서 포기할까 싶다. 소나무 사이를 오가는 오대산 바람이 내장을 얼어붙게 하는 도술을 연마한 도인의 손바닥처럼 심장에 와서 꽂힌다. 패딩도 없던 시절 지허 스님은 어떻게 이 길을 걸었을까.

상원사의 주전은 문수전이다. 문수의 성지 오대산이라서일 것이다. 정수리 양 편에 까만 머리를 상투처럼 틀어 올리고, 앞머리를 눈썹 위에서 가지런히 잘랐다. 앞머리 저렇게 자르면 다음 날 다들 후회하던데. 영영 익숙해지지 않을 얼굴이다. 문수보살이 아니라 문수동자의 상이다. 조선 왕 세조는 문둥병으로 죽었다는 괴담이 있을 만큼 사는 내내 피부병으로 애를 먹었는데, 물이 좋다는 곳마다 두루 찾아다녔다. 그는 오대산 상원암으로 가던 길 오대천에 들어앉아 홀로 목욕을 하고 있었다. 그때 홀연 한 아이가 나타나 그의 등을 밀어주었다. 거지 노인의 모습을 하고 나타나 자장을 명줄을 잘라 놓고는 1000년 가까이 소식이 감감하던 문수보살이 느닷없이 똑단발 앞머리를 하고 동자의 모습으로 세조의 등 뒤에 나타난 것이다. 문수가 말하고 싶은 진리는 무엇이기에 이다지도 어림잡기 난망한가. 세상 문수는 다 변신의 귀재인가.

상원사에서 산길로 접어들어 적멸보궁으로 향한다. 이미 몇 차례 눈이 왔는지 등산로 양편으로 손이 파묻힐 만큼의 눈이 쌓여 있다. 15분쯤 걸었나 보다. 오대산 중대 사자암이 나온다. 문수보살이 사자를 타고 다녔다고 해서 사자암인가 보다. 조선 초 이성계의 후원으로 세운 암자라고 한다. 조선의 태조이기는 하나 본시 고려 사람이었던 이성계는 조선 개국으로 피치 못하게 제거한 옛 왕조 사람들의 원혼을 위무해 주고자 이곳에 찾아와 명복을 빌었다. 차가 올라올 수 있는 도로 끝에서 사자암까지 레일이 연결되어 있고, 선로를 타고 떡 상자를 실은 작은 열차가 올라오고 있었다. 또 위로할 누군가가 생겨났나?

계단은 사자암을 지나며 가팔라져 적멸보궁까지 그대로 15분쯤 이어진다. 10분일지도, 5분일지도. 아무튼 시간을 무한정 과장하게 하는 추위였다. 바람 소리가 피부에 닿는 바람보다 거셌다. 적멸보궁 입구엔 신발이 빼곡하게 놓여 있었다. 정말 무슨 날이긴 한가 본데, 떡은 이분들을 위한 건가, 아니 부처를 위한 거겠지. 한 무리의 신도들이 나서면서 또 한 무리의 신도들이 들어간다. 그 틈에 보궁 안으로 고개를 넣었더니, 불상이 있어야 할 자리에 두툼한 방석 하나가 덩그러니 놓여 있다. 부처가 적정열반을 하고 남겨진 자리다.

전각 뒤편에는 5층탑의 모습이 새겨진 비석이 있다. 상원사 마애불탑이라 불리나 보통 무덤가 작은 비석이다. 부처의 머리뼈가 묻혀 있다면 이 비석 뒤일 거라고들 한다. 봉분이 있고, 그 앞에 비석을 세워 사리탑 문양을 새겼다. 진신 사리에 관한 설명들은 보통 여기까지는 몇 글자씩 엇나가기도 하지만, 이다음부터는 기막히게 한결같다.

'그러나 정확한 위치는 알 수 없다.'

위치만 알 수 없는 게 아니라 묻혔는지 안 묻혔는지도 알 수 없다. 이 꼭대기까지 나를 끌어 올린 것은 진위가 아니라 순례의 요체인 자기 갉아먹기다. 진리까지는 몰라도 내가 올라온 길은 참되다. 살아 있는 인간의 배를 갈라 심장을 꺼내거나, 동물을 죽여 피를 바치거나 원시 종교의 시각 연출은 예수, 석가 같은 혁명적 종교인을 거치며 말씀의 체화로 대체되었다. 세례 요한은 양을 죽여 피를 내는 유대인들의 속죄 양식을 요단강에 처박아 버렸고, 궁극의 메시아 예수는 그가 신의 아들이라는 사실을 믿고 고백하는 이성의 감화만으로 천국에 이르게 해 주었다. 떡을 많이 빚거나, 교회를 크게 짓거나, 가시적 종교는 힘을 과시하고 싶어 하고, 공포와 희생제물을 요구하며 고대의 악마를 소환하려 한다. 모든 가시성을 배격하고 부처는 저마다의 마음속에 불성을 심어주었다. 예수가 왔고, 인간의 죄는 사라졌다. 그러나 예수가 가고 500년이 지나자 인간들은 성찬 의식에 먹는 포도주와 빵이 인간의 몸 안으로 들어가 실제 예수의 피와 살로 변하느냐 안 변하느냐를 가지고 논쟁을 벌였다. 글 모르는 인간들의 말다툼이 아니라, 글을 아는 극소수의 성직자들이 피를 보고서도 끝낼 줄 모르는 전쟁이었다. 그걸 인류는 철학 논쟁이라 부른다.

적멸의 방석 앞에 떡을 놓는다. 108번 절을 한다. 석가모니불, 석가모니불, 이름을 왼다. 이 행위들의 의미는 그들의 행위 밖, 적멸보궁에 있다. 부처의 자리는 비어 있다. 열반하셨다. 그래서 없을 것이다. 무한하게 희박한 확률이 우주를 가로질러 다시 이 땅에 당도하기까지는. 상징적이지만, 예수는 예루살렘 성전을 무너뜨렸고, 성이 무너질 때 예수를 따르는 무리들의 마음속에는 하늘의 성채가 지어졌다. 부처가 떠난 자리에 떠도는 적막은 오대산 거센 바람보다 호소력 짙다. 어떤 소망으로, 어떤 소명으로 계단을 올랐나. 소명 없이, 소망 없이 내려가진 않을 텐가? 저 열반의 자리, 적적한 방석처럼.

상원사 앞에서 버스를 타고 '오대산은 월정사의 사유지'라는 플래카드 아래를 지난다. 오대산, 월정사, 사유지. 헷갈릴 글자가 없는데 문장은 헷갈린다. 종교, 성지, 사유물, 재산. 불경의 편찬자들이 기록한 대로 동방의 오대는 문수의 성지가 되었구나. 그걸 나라에서 금하지 않았고, 문서를 직접 본 건 아니지만 그래도 안다. 주지 스님이 시킨다고 대놓고 거짓말을 써 붙이기야 했겠나. 어쩌나, 적멸의 방석에 둘러앉은 사람들이 쉬지 않고 행운의 동전을 던지는 것 같다.

불교도가 아닌 사람들도 저 플래카드를 지나며 암묵적으로 인정한다. 이곳이 불교인들의 성지구나. 안 하면 안 된다. 법으로 명시된 종교의 자유란 믿든 안 믿든 그로 인해 차별이 없어야 한다는 말이니까. 그러면 반대는 어떨까? 오대산은 성지가 아니라 그저 산이고 물일뿐이지요. 그러면 종단 사람들이 입장료 대신 마음이나 한 줌 놓고 가시지요, 할까? 불교도가 아닌 등산객, 관광객은 성지가 아니라 오대산 국립공원과 월정사라는 문화재를 찾아왔다. 이런 어렴풋한 생각의 틈새가 표면에 드러나면 문화재관람료 징수 같은 문제가 불거진다.

월정사의 매표소는 일주문 앞이 아니라 그 앞, 국도가 끝나는 부분에 있고, 지방도로를 포함해 매표소 안 산림 일대는 월정사의 사유지다. 1967년 국립공원법이 제정되고, 그해 12월 지리산이 1호 국립공원으로 지정되면서 지리산에 속한 사찰은 자연스럽게 국립공원 안에 포함되었다. 보통 고찰이라면 1000년에서 1500년의 역사를 가지고 있으니, 사찰 입장에선 그 오랜 사유재산을 국가에 환속 당하게 된 것이다.

1970년 국립공원 입장료 징수가 시행된다. 사찰과 문화재관람료를 조정하는 데 문제가 생기자 정부는 사찰에서 통합 징수하고 배분하도록 했다. 그러다 2007년 국립공원의 공공성을 높이기 위해 국립공원 입장료를 폐지하지만, 사찰에서는 관람료를 계속 징수하기로 한다. 사실 처음부터 일괄징수에는 법적 근거가 없었고, 입장료와 관람료에 중복은 없는지, 비율은 어떻게 되는지 공개된 적도 없었다. 징수 여부와 금액은 전적으로 징수자의 편의에 있었다. 매표소가 월정사의 사유지인지는 분명치 않다. 그곳은 원래 국립공원 매표소였고, 거기서 입산 입장료를 내는 사람들은 자기가 낸 돈에 월정사 문화재관람료가 얼마나 포함되어 있는지 몰랐다. 산불 나면 끄라고 소화기 비용 대는 줄로만 알았을 것이다. 국립공원입장료가 폐지되고 문화재관람료만 징수되다 보니, 나는 기독교인이라 절이 무서워서 보고 싶지도 않고, 보면 지옥 가서 안 돼요, 하는 고백이 의도적으로 무시되었다. 그러거나 말거나 돈은 계속 걷어야 했으니 다툼이 벌어졌다. 사찰에서 내놓는 주장은, 문화재는 그것이 위치한 영역 전부를 아우른다는 것이다. 석탑이나 탱화를 관람하거나 말거나 우리가 관여할 문제가 아니지만, 당신이 서 있는 곳은 우리 갤러리 안입니다.

오대산은 문수의 성지다. 그러나 오대산 입장료의 근거는 문수보살의 지혜나 금강경, 반야경의 말씀이 아니라 현실의 법이다. 관람료를 징수할 수 있는 절은 대개 전통사찰 보존, 지원에 관한 법률에 따라 문화부에서 역사성과 예술성, 문화적 가치 등의 타당성을 검증한 뒤 '전통사찰'로 지정한 곳이다. 그리고 이런 절 안에는 국가나 지자체에서 문화재로 지정한 건축물이나 예술품이 있다. 이 말을 잘 파헤쳐 보면, 1000년 전부터 절의 사유지였다는 말은 전혀 근거가 없게 된다. 1000년 전부터 존재해 왔음이 입증되고, 그에 따른 문화적 가치까지 인정되면 국가나 지자체가 문화재 관람료를 징수할 수 있는 종교 시설로 인정해 준다는 뜻이다. 신라 성골이나 고려왕이 애용했다고, 자장이 구렁이 앞에서 당당했다고 문화재가 되는 게 아니라는 것이다. 그건 역사적 참고 사항, 문화재가 되기 위한 문헌적 근거일 뿐이다. 골품의 최상위자가 절을 지었다는 역사가 근거가 되지도 않지만, 그 말 역시 절의 창건은 종교적 봉헌이 아니라 국가나 왕족의 기획이었다는 뜻이 된다.

관람료 징수가 무슨 종교적 문제냐, 다 돈 때문인데 괜히 저러는 거다, 이런 주장도 충분히 참작할 만하다. 월정사가 사유한 땅이 오대산의 18% 정도 된다 하고, 걷어 들인 관람료는 한 해 평균 400억 이상이라 하니까. 이걸 돈의 문제가 아니라고 주장하는 측은 당연히 불교도들인데, 그들은 국립공원법이 아니라 문화재보호법을 근거로 삼는다. 하지만 여기서도 시각의 차이가 있다. 불교도가 아닌 사람들은 문화재보호법이 적용되는 범위가 사찰 내부라고 생각하고, 불교도는 문화재와 그 일대라고 생각한다. 오대산 입구에서 월정사를 지나, 오대천을 따라 몇 개의 암자를 지나 상원사에 이르고, 다시 상원사에서 가파른 계단 길을 올라 사자암을 거쳐 적멸보궁에 이르는 모든 지역이 그들이 생각하는 문화재이다. 그 길을 지나는 사람은 오대산 국립공원이 아니라 오대라는 산에 있는 그들의 종교 성지, 문화재를 지나는 것이다.

성지화된 지역이냐, 오대산에 산발적으로 지어진 그들의 성지이냐. 어디까지가 문화재인가. 그런데 다시 여기에 부가되는 조금도 부수적이지 않은 문제가 있다. 오대산 월정사 구역이 지자체나 문화재청 소관이 될 때, 도로포장, 확장, 송전탑, 케이블카, 숙박업소 허가 같은 생태적인 위협에서 보호받을 수 있겠는가 하는 것이다. 보호의 주체가 개발, 난개발 묵과의 주체인데 이들이 지금과 같은 수준으로 오대산의 생태를 보전할 수 있을까? 녹색성장과 올림픽을 동시에 홍보할 수 있는 '불이不二'의 행정력에 기대할 수 있는 문제는 아닌 듯하다.

부처의 머리뼈가 묻혀 있을지도 모른다는 곳을 찾아 강원도 적멸의 바람을 쐬고 왔지만, KTX가 서울을 향해 출발하고 나서도 부처가 나를 서방정토에 데려다줄지 모른다거나, 문수동자가 나의 등을 문지르며 등짝에 붙은 아상의 짐을 덜어줄지 모른다는 믿음에는 이르지 못했다. 석가가 윤회를 끊고 열반에 이른 것은 완전하게 믿는다. 나도 윤회하지 않을 것 같으니까. 시간, 인간의 시간에 휩쓸려 언젠가 노년에 이르게 된다면 사라질 나의 육체는 평균 수명의 확률에 달린 것이지 종교적 구원의 대상이 아니다. 죽는 순간 내가 맞이하게 될 건 엔젤이 아니라 나의 의식과 육체의 이별이다. 최후의 바이바이. 나라는 육체의 동일성을 상실하는 순간까지가 내게 관련된 문제다. 천국, 지옥, 환생, 그건 내 삶의 영역이 아니다. 환생한 한국인과 전생의 콜롬비아인이 본래 같은 인간이라는 걸 확정지을 근거가 뭔가요? 아, 커피를 좋아하는 걸 보니 전생에 콜롬비아인이셨군요. 혹시 기분 좋을 때 앗싸라비아, 이런 추임새 안 쓰시나요? 음⋯, 외람된 말씀이나 지금처럼 카페가 많은 시대에 살다 보면 전생에 커피콩을 배설하던 고양이도 이생에 커피 원두를 갈고 물을 내리는 것으로 하루를 시작할 수 있지 않을까요?

진부에서 서울역까지 한 시간 40분. 서울역에서 합정까지 20분. 서울시 마포구 합정동 절두산, 1800년대 후반 프랑스 선교사를 비롯해 1만에 가까운 가톨릭 신자들이 처형당한 곳이다. 박해 100주년을 기념하여 1967년 절두산 위에 순교관이 지어졌다. 그 앞은 순교자 기념 뜰이다. 이 일대 전체가 가톨릭의 성지고, 산 아래 제법 많은 건물이 성지의 사유지다. 기나긴 길을 지나왔다고 생각했는데, 순례라 하기에는 지나치게 몸을 아낀 경향이 있었다. 이곳을 지나 양화대교 아래 운동기구에서 할머니 할아버지들과 운동기구를 나눠 쓰다 집으로 가야겠다.

묘지 울타리에 서서 외국인 선교사들의 낡은 묘비를 바라보았다. 이들이 남긴 육신, 잔해를 생각해 보았다. 강아지를 산책시키는 사람들이 스쳐 지나가고, 나는 묘소 울타리를 따라 걷는다. 이 뼈를 남긴 이들, 천주교 박해의 희생자들은 왜 홀로코스트의 피해자가 아니라 성인이 되는 걸까?

가늘게 꼰 베실과 청색, 자색, 홍색 실로 수놓은 휘장을 만들라, 폭은 13m, 너비는 2m라, 성막의 휘장은 염소털로 만들고 열한 폭으로 하라. 기둥은 금으로 싸고 기둥 받침은 놋으로 다섯 개를 만들라. 아주 세밀하고 잔망스러운 히브리 신의 건축 도면. 2000년 전 유대인들에겐 엄격하게 적용되는 성스러운 공간의 규정이 있었다. 월정사가 왜 그곳에 있나, 계곡의 신이 살고 있어서. 정암사는 왜 그곳에 있나, 자장이 구렁이를 두려워하지 않아서. 절두산에 왜 가톨릭 성지가 있나. 신의 이름으로 죽음을 무릅쓴 인간들이 이곳에서 살해당해서.

한강으로 내려와 평행봉에 매달려 팔을 50회 굽혔다 펴고 다시 엎드려서 100번쯤 팔을 굽혔다 폈다. 그래도 뭔가가 미진해 성산대교까지 걸어갔다. 내게 필요한 건 믿음일까? 의탁하고 의지할곳이 있으면 내 삶을 목적 위에 올려놓고 눈가리개를 한 경주마처럼 곧장 달려갈 수 있을까? 그것이 인간을 인간이게끔 하는 길인 걸까?

허균의 유언,
유언을 유언이라
하지 못하고

오래전, 아주 오래전, 세 아이를 잃고 남편의 외면 속에 삶을 마감했던 한 여인이 있었다. 그녀의 나이 고작 스물일곱. 그녀의 이야기를 읽고 나는 삶의 수없는 의미의 층계 어디쯤, 수없이 다양한 삶의 갈래 어디쯤에 그녀를 내려놓아야 할까, 난감했다. 단명이 애석하긴 하되, 삶엔 저마다의 가치가 있다. 오케이. 그녀 나름의 의미 있는 삶을 살다 갔을 것이다. 오케이. 지금 우리의 기준으로 다른 시대, 타인의 삶을 위로하려 해선 안 된다. 알았어, 오케이. 상대적으로, 포용성 있게, 현명한 말을 하는 사람들이 있다. 그런 말, 참으로 난처하다. 사실 나 몰라라 아닌가. 이른 봄 된서리에 봉오리째 얼어버린 들꽃, 피어나지 못해 지상에 그들을 기억할 씨 한

톨 떨구지 못한 아이들. 아이들이 커 가며 누렸어야 할, 그들의 것이어야 했던 꿈, 바람, 시도, 큰 좌절과 작은 성과. 이른 죽음은 모든 걸 꿈인 채 사라지게 한다. 사라진 몸, 사라진 꿈. 나의 생, 무엇을 이루고, 무엇을 누리고, 무엇을 깨달으려 했던 걸까? 무수한 아이들의 영정을 한꺼번에 마주한 적이 있다. 생의 모든 노림수는 오로지 살아 있는 시간을 채우려는, 때우려는 자작극 아닐까. 누구든 속절없이, 대단원 없이 간다. 나는 그들보다 도대체 몇 년을 더 살고도 10년 뒤, 20년 뒤 펼쳐질지 모를 밝고 희망찬 21세기나 상상하고 있는 것인가. 10년을 더 살든, 100년을 더 살든 요양병원 다인실 침상, 거길 벗어날 수 있을까? 이루고 싶었던 것도, 이루었다 자부했던 것도, 꿈꾸던 것도, 침대를 비우는 날 드럼 세탁기 통에서 완전무결하게 표백되겠지.

집은 강릉 땅 돌 쌓인 갯가에 있어
문 앞 강물에 비단옷을 빨았다네
아침이면 한가롭게 목란배 매어 놓고
짝지어 나는 원앙 부러워 바라보았지

그녀, 스물일곱 나이에 그토록 그리던 광한전 백옥루로 떠난 허난설헌이 태어난 곳은 강릉 땅, 대문 앞에 냇가가 흐르는 마을이었다. 5세에 강릉을 떠나 을지로 부근 건천동에 살며 아버지와 오빠에게 글을 배우고, 8세 때 〈광한전 백옥루 상량문〉이란 글을 지어 신동이 태어났다는 소리를 들었다. 15세에 안동 김씨 자손과 결혼하여 감옥 같은 별당에 갇혀 신선의 세계만 꿈꾸다 먼저 보낸 아들딸 앞에 묻혔다.

서울을 떠나 강릉까지 가는 최단 코스는 서울-양양 간 고속도로라는 게 정설. 예상 시간 3시간. 총 220km. 터널 63개, 도합 70km. 한 번에 11km를 내달리는 터널도 있다. 무인주행으로 잠시 눈을 붙여야 하는 길 아닐까? 지하철 정거장 사이 평균 거리 2km. 대여섯 정거장. 시청에서 홍대, 합정까지. 앉아 갈까 그냥 서 있을까 애매한 거리다. 도로보다는 철로가 낫겠어. 코레일 앱을 켰다. 아, 이 울렁임, 기대감 같은 게 아니다. 체한 음식을 마주한 듯 입꼬리가 뒤틀린다. 진부에서 돌아오던 날 열차 뒷좌석에 앉은 사람의 기침이 내 뒤통수를 가격했다. 서울역에 닿도록, 마스크도 않고, 말도 멈추지 않고서, 연타를 꽂았다. 당장이라도 모발에 백신을 꽂았어야 했는데, 후드라도 쓸걸. 이틀 뒤, 범인 몽타주를 그려내듯 감염원 인간이 갸르릉대며 내 비위를 훑던 소리가 내 입에서 터져 나왔다. A형 독감. 5만 원짜리 타미플루를 옆에 두고 누워 4일간 16부작 드라마 두 편, 32회를 완주했다. 냉장고만 열어도 우드득, 뼈마디가 재구성되는 듯했다.

강릉고속버스 터미널에서 온갖 아파트 담장을 지나 남대천 변. 여기서부터는 물길 따라 곧장 바다다. 커피 거리가 있다는 안목해변까지 걸어서 40분. 어느 때 누구와 있든 오해 안 사고 커피 한 잔 하자 말할 수 있는 적당한 움직임이다. 도로와 모래의 경계에 서서 바다를 바라보다가, 약간은 실망한 채 카페를 고른다. 커피 거리라지만 페도라 모자에 콧수염을 기르거나, 생두나 갓 볶은 원두에서 쭉정이를 골라내고 있는 자영업자를 찾아볼 수가 없다. 시내에도 있을 법한 프랜차이즈 대형 매장들이다. 모카빵보다 커피와 동떨어진 듯한 커피빵 하나에 그냥저냥 뜨겁기만 한 커피 한 잔을 들고 길가 벤치에 앉는다. 어디 커피가 맛있어요? 나보다 살짝 나이 들어 보이는 부부가 묻는다. 나의 컵홀더를 보여준다. 여기는 가지 마세요.

바닷바람에 쉬이 식어버린 커피를 후룩 비워 버리고 솔숲을 따라 호텔까지 40분. 진 빠지는 모랫길이었다. 뜨거운 물로 샤워를 할까 하다가, 아니다, 호텔 사우나가 좋아 보이더라. 와이파이를 연결하고, 곧바로 이동 경로의 효율성 측정. 〔1안〕 초당 순두부에서 밥을 먹고 허균, 허난설헌 생가로 간다. 〔2안〕 허균, 허난설헌 생가에서 나와 초당 순두부로 간다. 아니, 순두부는 빼자, 호텔 펍이 좋아 보이더라.

허난설헌의 무덤은 경기도 광주에, 그의 동생 허균의 무덤은 경기도 용인에 있다. 그러나 그들의 무덤을 찾아가는 길은 강릉, 그들이 태어난 곳에서 시작한다. 그들의 죽음은 너무나 급작스러웠다. 그래서 어쩐지 그들 인생은 오직 삶으로만 가득해 보인다. 내가 아직 그들의 죽음을 난감해하고 있어서일지도 모른다.

예외적 인간의 형성

허난설헌이 태어난 1563년, 그리고 6년 뒤 허균이 태어난 1569년. 공자의 지혜와 인격을 존숭하되 삶의 모범으로 삼지는 않고, 권세를 위한 결탁과 숙청이 횡횡하던 시절이었다. 허균은 적는다. 내가 살던 마을은 동으로는 바다, 북으로 오대산이고 집 뒤로는 경포 바다로 나가는 냇가가 흘렀다. 그들 생전엔 냇가를 바라보며 문을 낸 수백 가구가 마을을 이루고 있었다. 냇가 이름은 경포천이나 그때도 그런 이름이었을까. 그곳은 어머니의 고향, 허균이 태어난 외할아버지 집 애일당이 있는 교산, 사천진 해변에서 남으로 8km 정도 떨어진 경포바다 앞이었다.

당쟁의 서막이 밝아오던 시대, 그들의 아버지 허엽은 동인의 영수였다. 을지로3가 근처 건천동이 동쪽이라 동인, 정동이 서쪽이라 서인, 동네별로 정파가 나뉘어 있었다. 상도동계, 동교동계, 연희동 모리배 하며 국회의원 선거에 나서던 때처럼, 우애라고는 컵라면 한 젓가락만큼도 없다가도 다른 학교 교복만 보면 떼로 덤벼대는 학폭 무리들처럼, 동네별로 패거리를 나누는 방식은 뿌리가 깊었다. 동인과 서인 내에서도 남북, 대북, 소북, 노론, 소론 정파들이 갈기갈기 찢겨 손뼉을 맞추고 살았지만, 정당 이름도 다 몰라 비례대표 선거하기 힘든 판에 거기까지 들여다보고 싶지는 않다.

허엽은 어떠한 교조, 학풍에도 집착하지 않고, 권력보다는 우애를, 학식보다는 학문을 추구하던 사람이었다. 이런저런 책마다 허엽을 매우 엄정한 정치가라 기술하고 있다. 고위 관직의 기준이 되는 당상관에 올랐고, 대사관을 지내며 임금에게 바른 소리를 잘했고, 입바른 소리는 안 했다. 정사를 논할 때는 동서의 주장을 따로 두지 않았기에 왜구가 쳐들어올 것 같냐, 안 올 것 같냐 비방전을 벌일 때 왜구 침략에 대비해야 한다는 서인들의 주장에 힘을 실어 주기도 했다. 대비하지 말자 주장한 동인들이 논쟁의 승자였다.

그는 당대 손꼽히는 유학자였지만, 젊은 시절 유학에서 과학까지 두루 섭렵한 대학자 화담 서경덕의 산속 초가집을 찾아가 손수 밥을 지어 받치며 학문을 전수받았다. 이때 얻은 도가적 소양은 아들 허봉과 딸 난설헌에게 전해졌다. 허균에게는 무엇이 전해 졌는가? 엄격한 아버지였다는 한 줄 기억. 허균이 열두 살 되던 해 경상도 관찰사 임무를 마치고 서울로 올라오다 상주 객관에서 병 으로 숨졌던 까닭이다.

허난설헌, 허균 생가, 기념관 앞에는 승용차 두 대가 있었다. 관광버스 한 대면 실질적으로 부대낌이 일어날 대지 면적이긴 했 다. 수백의 가호가 마을을 이루고 있었다지만, 근방에 민가는 안 보이고 드문드문 입구가 한산한 박물관, 공터 같은 공원이 있었다. 현재 행정 구역은 초당동. 허균의 아버지 허엽의 호에서 따 왔다 고 한다. 그것은 사실이 아니라고 말하는 사람들도 있다. 강릉 최 씨 가문에서는 이곳 집성촌에 예부터 초가집을 짓고 살아왔기에 초당동이 된 거라 생각한다. 또 이런저런 성씨의 집안에서 초가집 이야말로 자신들 가계의 대들보라며 초당의 소유권을 주장한다. 초가집 짓고 산 게 강릉에선 이렇게나 자랑이다. 초가삼간 지어내 어 유유자적 강호가도를 짓고 싶구나.

허균이 실제 부정을 느낀 사람은 그보다 열여덟 살 많은 작은 형 허봉이었다. 허균은 아홉 살 무렵 서울 건천동으로 옮겨와 살 았는데, 이때 이미 시를 지을 줄 아는 영특, 비상한 아이였다. 빈한 한 학군에서 초등학교에 다니던 나는 주변에 공부 잘하는 아이들 이 없어 스스로 영특한 줄 알고 장기간 되바라진 삶을 살았다. 허균도 자신이 똑똑하다는 사실을 매우 잘 알고 있었고, 과시하고 나대는 성향이 있었다. 그러나 허균이 나처럼 되바라지지 못했던 건 작은 형 허봉과 누나 난설헌 앞에선 동네에서 연이나 날리던 고만고만한 아이처럼 보였기 때문이다. 가정교육이 이래서 중요하다. 나의 형은 정말로 동네에서 구슬 잘 뺏고, 딱지 잘 뺏는 아이로 평판이 자자했으니까. 그것 말고도 손 쓸 데는 많아 연을 날리면 인근 미군부대의 헬기 이착륙을 성가시게 할 수도 있었다. 난설헌은 이른 나이부터 문인들 사이에서 회자되던 시인이었고, 허봉은 열여덟 나이에 생원시에 합격하고 스물하나에 문과에 급제한 천재였다. 허균이 생원시에 합격한 건 스물하나, 문과 급제는 스물여섯이었다.

임관 초기 허봉은 선조의 큰 기대와 총애를 받았다. 하지만 옳고 그름을 가리는 일에서는 아버지보다 한술 더 떠 임금조차 옹호할 줄 몰랐다. 그리하여 선조에게 돌이킬 수 없는 노여움을 사 파직되고 멀리 함경도 갑산으로 유배를 갔다. 시인 김소월이 "삼수갑산이 어디뇨 내가 오고 내 못 가네, 불귀不歸로다 내 고향 아하 새가 되면 떠가리라" 하던 바로 그 갑산. 분단 후 북조선을 택한 시인 백석이 평양에서 쫓겨나 시를 놓고 돼지나 키우며 살아야 했던 삼수. 삼수갑산, 한번 가면 다시 못 올 듯한 험한 산세로 악명이 높아 유배지로 가장 알찬 곳이었다. 허봉이 유배를 당한 직접적인 이유는 율곡 이이가 병권을 마음대로 행사하려 든다고 탄핵을 한 것이다. 선조는 이이를 옹호하며 허봉을 경상남도 창원부사로 좌천시킨 뒤 그 정반대 방향에 있는 함경도로 유배 보내 버렸다. 아주 잘 짜인 고행 각본이었다. 난설헌은 오빠의 유배를 슬퍼하며 〈기하곡〉이라는 시를 지어 보낸다. "서글프게 밤 깊어 추워지니 가을 잎이 떨어지네요. 귀양 가신 국경 소식 뜸하니 이 슬픔 어찌 다 풀어낼까요." 이게 한문으로 된 시라 한글로 아무리 잘 풀어 써도 난설헌이 왜 시를 잘 썼다고 하는지 이해할 수가 없다. 굉장히 웃긴 장면인데 자막으로는 왜 웃기는지 모르는 영화를 보는 심정이다.

공정한 인품의 이이는 선조에게 여러 번 허봉을 풀어줄 것을 건의했다. 하지만 허봉의 직언이라는 게 선조의 할머니를 모욕하는 내용이었기에, 선조의 이글대는 앙심은 끝끝내 풀리지 않았다. 유배는 2년을 채우고서야 끝나지만, 이후에도 허봉에겐 서울 도성 출입이 금지되었다. 그는 강원도, 경기도 일대를 떠돌며 글을 짓고, 금강산에 들어가 불교를 공부하다 갑작스레 병을 얻었다. 술을 많이 마셔서 간이 좋지 않았다고 한다. 치료를 받으러 큰 마을로 옮겨가던 중에 금강산 초입 어느 마을에서 숨을 거뒀다.

허봉은 탄탄한 출세 가도를 걷고 있을 때조차 학문과 뜻이 높은 사람이면 계급을 가리지 않고 두루 정을 나누었다. 그가 동생들에게 시를 가르쳐 줄 과외 교사로 붙여 준 손곡 이달이라는 사람은 당대 최고의 시인이었으나 서자라는 계급적 한계에 절망하여 자기 파괴적인 삶을 살다간 인물이다. 난설헌과 허균은 이달에게서 당나라 시를 배웠다. 이달에게 시를 배우며 허 남매는 자연스레 사회 제도의 불합리를 이해하고 받아들이게 되었다. 허균은 형과 마찬가지로 사람을 사귀는 데 귀천을 두지 않았고, 난설헌은 조선 부인네라는 주어진 운명과 끝까지 불화했다. 허봉은 명나라 사신으로 다녀올 때 붓과 두보 시집을 난설헌에게 선물하며 가지고 태어난 제약으로 글을 놓지 않도록 독려했다. 남자인지 여자인지, 적자인지 서자인지, 이들에겐 어느 것도 분별의 대상이 아니었다.

임진왜란의 대승장 서산대사의 제자로 승군을 이끌다 전후 복구 사업을 일으키고 일본으로 건너가 도쿠가와 이에야스와 담판을 벌여 3,500여 명의 조선인 포로를 송환시킨 대승, 휴정 사명대사도 허봉의 각별한 친구였다. 승려를 천민 취급하거나 말거나 유·불·도를 망라한 허봉은 사명대사의 높은 학식과 장부로서의 기개를 존경했고, 동생 허균을 소개하기도 했다. 사명대사는 허봉의 장례식에서 누구보다 처절하게 울었다. 저게 속세를 끊은 중이 맞나 눈초리를 받을 정도였다고 하나 사명대사는 일개 유생이 함부로 맞서거나 평할 수 없는 인물이었고, 또 세상 일체 마음에 걸릴 게 없는 사람이었다. 허균은 사명대사를 통해 불교에 입문하게 되어 후에 그 많은 제자들을 다 제쳐두고 사명대사의 비분을 썼다.

술 마시고 노는 일도 이 형제들이 자족하고 사는 커다란 족적이었다. 허봉이 한때 몸담았던 홍문관은 궁중의 서적, 문서를 관리하고 연구하며 임금에게 자문해 주는 부서였다. 그래서 때때로 임금은 숙직자들을 불러 경전이나 역사를 논하게 하면서 음식과 술을 베풀었는데, 의례적으로 나오는 술이기도 하고, 행여 임금 앞에서 실수를 할까봐 아무도 술을 마시지 않았다. 허봉은 잔이 채워지는 족족 마셨다. 한때는 임금도 그 모습이 흡족하여 알게 모르게 술잔을 살펴 주었다. 홍문관에는 놋쇠로 만든 커다란 솥이 하나 있었는데, 여기 술을 가득 부으면 10리터 정도 들어갔다. 이 놋쇠 솥에 술을 채워 단번에 마시면 솥 안에 이름을 새기는데, 허봉의 이름이 아로새겨지기 전까지는 약 80년 전 연산군 때 홍문관에 재직했던 김천령이란 사람의 이름 하나만 새겨져 있었다고 한다.

허봉의 죽음으로 허균은 열아홉 나이에 현세의 두 아버지를 모두 잃게 되고, 난설헌은 세상 유일한 기댈 곳을 잃는다. 오빠가 죽은 이듬해 1589년, 조선에서 여자로 태어나 재능과 제도의 불일치로 곡절 많은 인생을 보내야 했던 난설헌이 사망한다. 특별한 사인은 남아 있지 않다. 그녀가 "연꽃 스물일곱 송이 붉게 떨어지니 달빛 서리 위에서 차갑기만 해라" 하고 시에 쓴 대로 스물일곱이 되자 스스로 목숨을 끊은 것이 아닐까 추측했던 사람도 있다.

6411번 버스를 타고 떠난 사람, 남양주시 모란공원에 안장된 노회
찬 님이다.

허균은 형, 누나의 시를 모아 〈하곡집〉과 〈난설헌집〉을 엮는
다. 〈난설헌집〉은 중국에서 먼저 출간되었고, 몇 년 뒤 일본에서도
출판되며, 삼국의 여성 문인 중 제일이라는 찬사를 받는다. 〈난설
헌집〉이 중국에 들어가게 된 건 허균과 사신의 신분으로 만나 필
담을 나누던 중국 문인들을 통해서였다. 시집이 출간되자, 난설헌
의 시가 일대 유행이 되면서 선집에 발췌되거나 또 다른 단행본으
로 출간되며, 조선 문인의 작품 중 중국에서 가장 많이 팔린 책이
되었다. 조선과 여자라는 조건에서 이룰 수 있는 건 사후의 영예
가 전부였던 거다.

허난설헌의 인생에서 헛발이나 엎어진 물병을 걷어차고 지나
가는 행인 정도로 등장하는 사람이 있다.

어찌 알았을까, 열다섯 나이에 조롱받는 사내에게 시집갈 줄

재주, 학식, 인물, 인성 하나같이 난설헌에게 모자랐던 사람, 김성
립. '벼슬 얻은 낭군은 너무나 무정한 사람'이라고 시에 썼으나, 난
설헌이 살아 있을 땐 벼슬도 없이 무정하기만 했던 사람. 김성립
은 난설헌이 죽자 곧 새 장가를 들고 과거에 올라 말단 공무원이

되지만 왜란이 터지고 부인과 객사했다. 난설헌 사후 3년 만의 일이다. 허균은 그를 무척이나 하찮게 여겼고, 분노의 뒷맛도 오래 곱씹었다. 김성립에 관해서는 직접적으로 못생겼다는 표현도 남아 있고, 기생집을 드나들며 공부에 소홀한 데다 아내와 아내 형제들에게 열등감이 있었다는 게 다수의 기록이다. 더러 강가에 집을 지어 거기서 글공부를 했을 뿐 기생집을 드나든 것은 거짓이며 과거 시험에 매진하느라 부부관계에 소홀했다는 기록도 있다. 이건 대변이 아니라 안쓰러운 기록이다. 기생집과 술을 공부의 동반자로 삼고서도 당대의 문장가니, 허 씨 5문장이니 부러움을 사던 허 씨 형제들에게 공부밖에 모르는 공부 못하는 성인 남자란 너무 아둔해서 심란하게 만드는 인간이었을 테니까. 남편의 외유는 난설헌이 시에 표현하던 애틋한 사랑을 파탄 낸 것 말고도, 고부간에 매울 수 없는 골짜기를 파 놓았다. 가정에서 난설헌의 자리는 위태로웠다. 김성립의 모친 송 씨는 성격이 포악했고, 전력을 다해 며느리를 미워했다. 난설헌이 고분고분하지 않았기를 바랄 뿐이다.

난설헌의 아들딸, 두 아이가 죽은 해는 찾아내지 못했다. 딸을 먼저 잃고, '바로 이어' 아들을 잃었다고만 나온다. 두 아이 다 전염병으로 죽었다고 하는데, 이것도 어물쩍 넘어가는 기록이다. 아들의 이름은 희윤이었다. 어린 조카의 비명은 삼촌 허봉이 지었다.

눈물을 흘리면서 쓰노니, 맑고 맑은 얼굴, 반짝이는 눈, 만고
의 슬픔을 이 한 곡에 부치노라.

이런 곡진한 사연 그만 이어졌으면 좋으련만, 불행이란 얼마나 올
곧게 제 갈 길을 가던가. 허난설헌은 아들을 잃고 얼마 안 가 배 속
의 아이를 유산했다. 그리고 만고의 슬픔으로 함께 가슴을 치던 오
빠가 세상을 떠났다. 난설헌은 삶의 의지를 놓았다. 가엾은 남매의
영혼이 밤마다 함께 노닐라고 나란히 묻어준 무덤가 앞에 감싸 안
은 듯, 살펴보는 듯, 허난설헌의 육체가 누웠다.

지구의 뜻이
인간의 뜻과 다를지라도

허균, 허난설헌 기념관이라 쓴 현판은 한평생 더불어 사신 신영복 선생님의 글씨다. 기념관 안에는 지금껏 출간된 이런저런 〈홍길동전〉이 잔뜩 있다. 〈SF홍길동〉이라, 이 무슨 책일까 하니, 우연히 〈홍길동전〉을 읽은 홍길동이란 아이가 인간을 지배하려는 AI와 맞서 싸운다. 역경, 운명의 자각, 난관의 극복, 영웅 설화의 구조를 따라가는 대서사시. 허균의 고본들을 쓱쓱 훑다가, 진본일까, 이중 허균과 가까이 지낸 한석봉의 글씨도 있을까 궁금해진다. 대답해 줄 수 있는 사람은 단 하나, 이 자료들을 기증한 장정룡 선생이란 분이다. 어디 계신지 모른다. 일면식도 없다. 주워다 놓은 돌도 돈 받고 보여주는 세상에서 이런 자료를 내놓으시다니, 이분 어디 계실까. 여기까지 찾아온 게 기특해 커피 한 잔 사주시지 않을까?

허 남매가 살던 생가 진입에서 시간이 지체된다. 마당 한가운데 삼각대를 세워놓고 마루에 앉아 사진을 찍는 남녀가 자리를 피할 줄 모른다. 톡, 톡, 톡 내 손으로 재빨리 셔터를 건드려 주면 안될까? 허균의 영정, 허난설헌의 초상을 보고 자그마한 방안을 기웃, 뒷문으로 나간다.

옛집은 대낮에도 인적 그치고 부엉이 한 마리 뽕나무 위에서 울고 있다.

솔숲에서 작은 새 하나가 나무를 쪼고 있다. 허균은 강릉부사 유인길이 임기를 마치고 돌아가며 공납하고 남은 홍삼을 주고 가자 중국 사신으로 떠날 때 돈으로 바꿔 만 권의 책을 사 왔다. 허균은 이 책들을 사사로이 쓸 수 없다 생각해 강릉 향교에 기증하려 했으나 그곳 선비들이 거부하여 스스로 이 솔숲 어딘가에 누각 하나를 세우고 공공도서관을 만들었다. 지금은 숲에 가려 흔적을 찾을 수 없는 호서장서각湖墅藏書閣은 한국 최초의 사설도서관이었다. 벌레라도 잡는 것일까? 새 한 마리가 더 날아와 앞선 소리의 빈틈을 메운다. 한가롭게 배를 매어 놓고 빨래를 했다던 냇가가 둑 아래 흐르고, 길가에는 해가 바짝 들었다. 솔숲 안이 유독 청량해 보인다.

경포 바다엔 다섯 번쯤 온 것 같다. 피서가 한창일 땐 인파를 피해 집에만 있으니 파도에 떠밀려 본 적이 없다. 애처로운 일일까. 그래도 한겨울 바다는 처음인데, 아득하고 쓸쓸하다고 말하려던 입을 바람이 자비 없이 틀어막는다. 파도가 후려치듯 해변에 닿는다. 아직 해가 지려면 멀었는데 호텔로 돌아가는 건 여지없이 애처로운 일일까. 뜻 없이 바다를 보고 앉아 있다. 신선이 되어 사라졌다던 신라 네 화랑처럼 나부끼듯 살아갈 순 없을까. 가야산에 독서당을 짓고 계곡물 소리로 세상과 단절하고 살다 신선이 되었다는 최치원에게처럼 저 파도 소리, 홀가분한 담벼락이 되어 줄 순 없을까?

화창한 나들이 같은 인생을 꿈꿨다. 몇 번의 성징과 등용문을 거쳤다. 익숙지 않은 음주에 내몰려 종일 앓아누워 가며 성인 역할에 익숙해지고, 생면부지의 사람들이 네 뜻이 숭고하니 내 뜻을 따르라고 해서 노동을 착취당하기도 했다. 스스로 돈을 벌고, 살 곳을 구하고, 그러다 어느새 습성과 평판이 굳어지고, 이제 명함한 장으로 대변되는 사람이 되었다. 생의 목적은 그저 태어남이 전부 아니었을까. 사소한 것과 중대한 것을 구분하지 않고, 중대한 일과 사소한 일이 내 의도 밖에서 엎치락뒤치락하더라도 그게 기쁜 줄도 슬픈 줄도 모르는 나이가 되어 가면, 그건 내가 깨달은 것일까, 체념한 것일까. 태어난 것 말고 주어진 게 없었던 것 같았다. 이후 내 몸에 얹어진 것들 모두 내 의지라고 생각했지만, 점점 떠밀려 안게 된 짐 같다는 생각도 들었다. 홀홀 신선이나 되었으면. 신선이 못 될 바에, 취선이라도 되겠노라, 오래전 어느 시인이 세웠던 뜻이다. 경포에 온 건 나의 의지였을까, 누군가의 어떤 큰 기획이었을까. 이제는 취하러 가는 것마저 내 의지가 아닌 것 같다. 마개를 여는 맥주캔마다 생애 마지막 맥주다. 하지만 의지는 중독을 이기지 못한다. '저 바다가 마르기 전에, 사라져 갈 텐데' 바다를 보고 있으면 늘 같은 노래 같은 소절만 부른다. 경포 바다가 마르든, 빙하가 녹든, 코리안 숏 헤어 고양이가 멸종을 하든, 그건 사실 인간과 상관없는 일일 거다. 지구는 그저 지구. 인간은 그저 인간. 콘크리트가 뒤덮든, 전염병이 뒤덮든 지구는 지구대로 우주의 일부로서 제 수명을 살아갈 것이다. 품고 있을 생명 하나 없이 스스로의 죽음만 빨아들이는 검고 거대한 욕망덩어리가 되었을 때, 신은 누구에게 관여할까? 처음부터 신은 인간의 찬양 같은 거 신경 쓰지 않고 산 게 아닐까? 블랙홀이야말로 신의 거대한 의지였던 걸까?

사우나에서 남은 힘을 탕진하고 일찍 침대에 누웠다. 강릉에 오면 사람들은 뭐하면서 시간을 보내지? 허난설헌의 시집 한 권을 가져왔지만 TV를 한번 켜고 나니 리모컨을 놓을 수가 없었다. 이

래서 집에 TV를 들여놓을 수가 없다. 일주일이면 채널 화살표가
다 닳아 없어지겠군. 이러려고 강릉에 왔나 보다.

옛사람은 말이 없고,
졸업은 해야 했다

허균은 열일곱까지 과거 공부를 핑계 삼아 입으로만 재주를 뽐내며 술집을 전전하다 결혼한 뒤 유배에서 풀린 형 허봉을 찾아가 글을 배우며 학문에 눈을 뜬다. 그 기간 내내 아내는 그에게 위안과 확신을 주었다. 저도 언젠가 정경부인이 되겠지요? 허균은 내내 그 말을 품고 살았다. 이제껏 급제를 위한 공부나 해 왔다면 허봉과의 공부는 글을 읽는다는 것이 자신을 완성해 가는 과정이어야 한다고 생각하게 한다. 일대의 회심이었다. 사명당과의 첫 만남도 이때쯤이다. 열여덟 어린 나이에 불교 경전에도 눈을 뜬다. 회심에 이은 개안. 이제 삶을 돌이킬 수 없게 되었다. 달리 말해 허균은 불행에 눈을 떠가고 있었다. 형을 떠나 집으로 돌아온 허균은 서애

유성용에게 입신을 위한 공부의 빈틈을 메운다.

1592년 왜란이 일어나자 허균은 어머니와 어린 딸, 만삭의 아내를 데리고 함경도로 피난을 떠났다. 임진강과 두만강 사이 절반쯤 되는 함경도 바닷가 단천에서 아들을 낳는데, 사흘 후 아내가 죽자 전쟁 통에 젖을 구할 수 없어 갓 난 아들도 곧 죽는다. 그는 단천을 떠나 강릉으로 돌아왔다. 태어난 곳이자 어머니의 친정. 외할아버지가 죽고 폐허가 되었던 애일당에 머물며 교산에 오르고, 사천진 해변을 거닐고, 바다 앞에 멈춰 선 교문암을 바라보며 이곳에 살다 떠났다는 용을 생각했다. 허균은 스스로 호를 교산이라 지었다. 아직 날아오르지 못한 용, 곧 날아오를 날을 기약하는 독서의 나날이었다.

1594년 26세에 허균은 드디어 문과에 급제하고 중국과 여진, 왜 등과의 외교문서를 관장하는 승문원에서 일하게 되지만, 어머니의 죽음으로 3년 뒤 스물아홉에야 본격적으로 벼슬길에 나간다. 같이 급제한 이들보다 뒤진 직급이 불만이었던 허균은 과거 급제자만을 대상으로 하는 중시에 응시해 장원으로 뽑힌다. 단번에 세 단계 높은 품계에 오르며 앞서가던 동료들을 추월한다. 그리고 그해 여름 중국 사신으로 뽑혀 처음 국경을 넘는다. 형 허봉이 여비를 털어 닥치는 대로 책을 사 모았던 것처럼 허균도 가능한 만큼 책을 사 모았다. 그 안에는 천주교 서적도 있을 만큼 허균은 그가 접하지 못한 학문에 촉수를 곤두세웠다. 다만 세상을 창조한 세상 밖 유일신이라는 사상을 받아들이기는 어려웠던 것 같다. 그가 최초로 서양 종교 서적을 들여온 사람인 건 확실하지만 최초의 신자는 되지 못했다.

허균이 바랐던 삶은 임금 곁에서 권세를 차곡차곡 쌓아가는 것이 아니라 작은 지방의 수령이 되어 술 한 동이 옆에 끼고 표연히 눈앞의 세상을 밟아보는 삶이었다. 그 바람은 서른한 살 되던 해 이루어졌다. 황해도사가 되어 관할지 이곳저곳을 떠돌며 술 마시고 시를 지었다. 경치가 빼어난 곳은 말할 것도 없고, 이름난 절까지 두루 다니기를 여섯 달. 사헌부에서 탄핵이 날아와 파직되었다. 기생 무리와 몰려다녔다는 사유였다. 본래 허균과 친분이 있던 서울의 기생들이 그곳까지 찾아간 것이다. 기생 말고도 서자, 승려, 천민에 이르기까지 글 잘 짓고 재주 있는 이들에겐 장막이 없었다. 전부 관아의 재산으로, 허균은 잘 먹고 잘 놀았다.

파직이 파면은 아니었다. 허균은 곧바로 조정으로 복직되었다. 궐 안으로 들어오자 그는 하는 일마다 조정 관리들과 부딪쳤고, 그럴 때마다 위아래 구분 없이 무능력하고 고루하다 생각되면 핀잔, 타박, 망신을 주었다. 상관 면전에서, 대감께서는 모르면 가만 계시지요, 하는 게 예사였다. 상처받은 이들마다 허균이 경박하고 경솔한 자라는 원성을 물고 다녔다.

허균은 애초에 그들과 생각이 맞지 않았다. 허균 역시 자신을 유학자로 생각했으나 공자의 글귀를 경전으로 생각한 적이 없었고, 주희가 단 주석이 수정이 불가한 금언이라 여기지 않았다. 주희를 주자로 드높이며 해석된 글자 그대로 신봉하되 정쟁의 빌미이상으로 삼진 않는 파벌 놀이에 관여하고 싶지 않았다. 그는 조선에는 인재가 없다고 토로하고 다녔다. 인재난이 국난인 마당에 서자가 문제겠는가. 천민이든 적의 장수든 인재라면 가져다 쓰자. 조선 양반들이 천민보다 나을 게 없다는 말을 대놓고 피력했던 것이다. 그리고 그런 과격하고 참람한 주장이 받아들여질 리 없다는 것도 잘 알고 있었다. 바라는 건 오직 경치 좋은 곳에서 지방 수령이나 하며 편히 머무는 것. 지방으로 출장을 가게 되면 그는 여지없이 기생집에 들러 술대접을 받았다. 가볍게 나부끼는 기생방 행적 중에 만나 평생 글벗이 된 기생도 있다. 부안의 기생, 시인 매창이었다.

이화우梨花雨 흩날릴 제 울며 잡고 이별한 님
추풍낙엽에 저도 나를 생각는가
천 리에 외로운 꿈만 오락가락하더라

매창의 본래 이름은 향금으로 허균의 친구 이귀의 애인이었다. 허균은 매창 계생에게 각별한 정을 느꼈으나 평생 남녀의 거리를 유지한 채 글을 주고받는 지기로 지냈다.

　허균은 함경도 수안군수가 되자 아예 자신의 거처에 기생들의 방과 서얼 출신 친구들의 방을 따로 마련해 함께 지내며 마음껏 놀았다. 그러면서 방에 부처의 그림을 붙여 놓고 예불을 드리며 불경을 착실하게 읽어 나갔다. 파란을 일으키고 살았으니 이 한적한 시간을 1년이나 버텼다는 것도 다 임금의 어지간한 은혜였다. 탄핵은 아니었다. 이방헌이란 토호가 허균의 성향을 전혀 파악 못 한 채 저 살던 대로 마을에서 전횡을 일삼자 옥에 가두고 매질을 했는데, 샌님답게 덜컥 죽어버린 것이다. 텃세 부리는 토박이 하나 죽었다고 문제 될 것은 없었으나 그자가 여기저기 뿌려 놓은 뇌물 부스러기를 주워 먹은 황해도 관찰사가 허균을 추궁했다. 파직에 관한 말이 정식으로 나오기도 전에 허균은 스스로 군수 자리를 내던졌다. 1년이면 볼 거 다 봤다 생각했을 수도 있다. 같은 데만 매양 보랴, 딴 데 가서 놀자꾸나.

　그의 파직 이력에 가장 명쾌했던 사건은 삼척부사가 된 지 13일 만에 쫓겨난 일이다. 삼척부사는 아버지 허엽이 지녔던 자리이기도 하여, 처음 삼척으로 내려갈 때는 내심 목민관의 의지를 다지기도 했다. 그러나 불경을 외우고, 중의 옷을 입고 염주를 차고서 부처에게 절을 하며 심지어 부처를 섬기는 제자를 자처한다는 상소가 조직적으로 날아들었다. 관내에 불당을 차리고 아침마다 예불을 드리니 도성의 옛 법도가 무너질까 두렵사옵니다. 당장 파직해야 마땅한 줄로 아뢰옵니다. 파직의 소식이 들려오자 허균은 시를 한 수 읊고 훌훌 짐을 꾸렸다.

  내 분수 이미 출세의 꿈과 멀어졌으니
  파면되었다고 근심할 게 있겠는가
  인생은 천명에 따라 사는 것이니
  돌아가 부처를 섬길 꿈이나 꾸리라

부처를 섬겼다고 파직당하는 마당에 돌아가 부처나 섬기겠다는 저 배포, 고집. 그러나 불교에 귀의하는 일도 부처를 섬기는 일도 없었다. 그는 바로 왕실의 식재료를 관리하는 내자시에 배속되었다가 12월 공주목사로 발령받는다. 공주에 도착하자마자 그는 이재영, 심우영, 윤계영 등 서얼 친구들을 불러다가 나라에서 주는 녹봉으로 그들을 먹여 살렸다. 물론 여기에 대해서도 곧바로 비판이 날아들었다.

　이중 심우영은 서양갑, 박응서 등과 죽림 7현이라는 혁명 모임을 결성하는데, 일곱이 모여 뭘 했는지는 알 수 없다. 그냥 돈이 없어서 밥 덜 먹고 술 덜 마시고 세상 욕이나 하면 지낸 것 같다.

죽림 7현이라고 하지만 이들은 담양이 아니라 남한강 변에 몰려 살았다. 죽림은 강호를 환기하는 문학적 표현이 아니던가, 반박하고 싶다면 시나 지을 것이지, 숫자에 제한을 둔 폐쇄적인 패거리를 만들어 혁명의 기치 아래 모였다고 공언하다니, 완벽한 거짓말, 자기기만이다. 생활비가 부족했는지 죽림의 현명했던 1인 박응서가 혁명 자금을 조달한답시고 노상에서 강도, 살해를 저질렀다. 희생자가 은을 파는 장사꾼인 걸로 봐서 오랫동안 표적에 두지 않았나 싶다. 일당 일곱은 필사적 저항 같은 것도 못 해 보고 쉽사리 일망타진되었다. 그런데 이들에게 적용된 죄목은 단순 강도가 아닌 역모죄였다. 그들이 멋대로 떠벌린 혁명의 씨앗 때문이 아니었다. 무력도 자금력도 없는 강변의 서자 7인방이 역모로 엮인 배후에는 이이첨이란 인물이 있었다. 아직 옹알이 수준에 불과했으나 적자 영창대군은 언제고 서자 광해군의 정통성에 트집이 될 수 있었다. 이이첨은 강변 7인에게 광해군을 폐하고 영창대군을 옹위하려는 목적으로 반란을 획책한 거 아니냐는 시나리오를 건넸다. 영창대군은 궐에서 쫓겨났고 이들은 역성혁명을 도모했던 가상한 인물이 되어 생을 마쳤다. 이를 빌미로 대대적인 정적 학살 시나리오가 돌아갔다. 이때 잡혀 온 이들의 진술서에 혁명당 일원으로 허균의 이름이 언뜻 등장했다. 실제로 이들 모두 금전적으로나, 사상적으로나 허균의 신세를 진 사람들이었고, 그걸 모르는 사람이 없었다. 그러나 온갖 회유와 고문, 매질에도 허균의 이름을 입에 올리는 사람은 없었다. 누가 봐도 허균의 음모로 엮을 수 있는 기회를 결정적 증언이 없어 날려 버렸다.

3년 전 과거 시험 합격자 부당 선발 혐의로 전라북도 익산으로 귀양을 가 있던 허균이 〈홍길동전〉을 지은 시기가 바로 이쯤이다. 〈홍길동전〉은 허균이 지은 것이 아니라는 연구 주제로 평생을 살아 온 분한테 전공 6학점을 이수해야 대학을 졸업할 수 있었던 나에게 허균은 오랜 기간, 이미 오래전 죽었는데 〈홍길동전〉마저 안 썼으면 다시 회자될 이유가 전혀 없는 사람이었다. 얼마 전 허균과 홍길동은 관련 없다는 내용의 책이 출간돼 그 사람인가 했는데, 비슷한 나이의 다른 사람이었다. 국문학자들 사이의 논쟁이니 어련히 옳은 말들만 하시겠나 싶지만 옳은 말 두 개가 팽팽히 맞서고 있으니 이러나저러나 옳기만 한 세상, 아, 흥겨운 사람들.

허균 아래서 공부를 한 적 있는 이식이란 사람의 문집에 허균이 〈홍길동전〉이란 책을 지었다는 기록이 있다. 다른 이들의 기록은 이 글의 인용이라 허균 원작설의 실질적인 증거는 이 기록이 유일하다. 〈홍길동전〉은 허균이 죽고 270년가량 지나 처음으로 인쇄되었고, 마치 성경처럼 원본 없이 여러 다른 판본들뿐이다. 허균은 역모로 잡혀가 죽기 직전 그간 문집으로 엮지 못한 글을 모아 딸에게 보내는데, 여기에도 〈홍길동전〉이 들어 있지 않았다. 여기까지가 〈홍길동전〉을 허균이 쓰지 않았다는 내용으로 책 한 권을 낼 수 있는 사람들이 잡은 증거다.

이식이란 사람의 문집에 허균이 〈홍길동전〉이란 책을 지었다는 기록이 있다. 안 썼거나 다른 사람이 썼다는 기록은 없다. 심지어 이식의 논조도 허균을 칭송하기 위해서가 아니라 〈홍길동전〉 같은 책이나 짓고 살았으니 천벌을 받았다는 식이다. 그럼 왜 사후 200년이 훌쩍 넘긴 시점에서야 출간되었는지 트집 잡기 전에 허균이 능지처참을 당한 역적이란 생각부터 했어야 했다. 역적으로 잡혀가는 마당에 서자 7인이 처형되던 시점에 지은 역적 홍길동에 관한 글을 딸에게 보냈겠는가? 압수수색이 떨어질 게 뻔한데.

교직에서 봉급 받는 분들의 말에 첨언할 게 있을까 싶지만, 아주 소박하게 하나. 〈논어〉는 정말 공자가 쓰고 〈도덕경〉은 정말 노자가 쓴 것일까? 〈도덕경〉이 당대 자연주의자들의 격언 모음집일 수도 있다. 그러나 어림잡아 2500년 전에 살던 이이 혹은 이담이란 사상가가 지은 '도'라는 책과 '덕'이라는 책에 후학들의 비유와 첨언이 덧붙여져 완성되었다고 할 때 이 책에서 더 인간적이고 현실적인 문제의식이 느껴지지 않나 싶다. 유명 작가라 해서 인쇄와 서적이 지금처럼 대량 생산되는 시절도 아니고 누군가가 얼개를 짜 놓은 홍길동 이야기가 구전으로 이어지기도 하고 조선 시대 책

대여점인 세책점에서 유통되기도 하고 그랬을 것이다. 그러니까 원작자의 홍길동 이야기는 민음사나 펭귄클래식에서 나온 〈홍길동전〉과는 다른 모습이었을 수 있다. 19세기 출간된 서울판과 전주판만 해도 거론된 이름과 지명, 사건 전개가 많이 다른데, 몇몇 단어와 사건이 바뀌었다고 해서 〈홍길동전〉의 틀과 사상이 바뀐 것은 아니다. 하지만 〈홍길동전〉이 〈임경업전〉, 〈박씨전〉, 〈유충렬전〉 유의 군담소설과 구별되는 점은 홍길동하면 즉각적으로 떠오르는 허균이란 인물의 사상과 행적 때문이다. 허균이 뒤로 물러나 버리면 〈홍길동전〉에서 적서 철폐라는 역사적 과제와 보수적 유교에서의 탈피, 전쟁 직후 파탄 난 민생에 대한 연민과 복구, 그것을 위한 한 개혁가의 도전과 성취, 좌절, 당대 현실의 요구와 맞닿은 절박함들이 전부 흐지부지돼 버린다. 하지만 졸업은 해야 했고, 고전보다 토익이 중요했던 시기라 허균이든 홍길동이든, 그걸 증명해서 삶에 무엇이 달라지는지 묻지 않았다. 그런데 논쟁을 떠나 홍길동 이야기를 처음 접할 때 작가가 누군지부터 따진 사람이 몇이나 됐을까. 〈홍길동전〉에서 '허균' 이름이 빠지고 나서도 이 소설이 문학사적으로 중요한 위치에 있을 수 있다면 필자 논쟁 같은 건 삼위일체 논쟁처럼 실제의 '말씀'과는 별 관련 없는 일 아닐까.

역적 강변의 7인이 죽던 시기, 〈홍길동전〉을 짓지 않았을 수도 있는 허균은 반은 체념한 상태로 충청도, 전라도를 떠돌았다.

지방 수령으로 지내는 친구들을 찾아가 술을 마시고, 시를 짓고 시평론집을 엮으며, 겉모습은 태연했다. 그러나 사건이 마무리되자 본격적으로 정치판으로 나아가 살길을 도모한 걸 보면 이런 절멸의 위기가 또 한 번 목을 겨누게 될 때 자신의 목숨을 장담할 수 없다고 생각했나 보다. 앉아서 시나 쓰다가 당할 수는 없다, 권력의 핵심에 서자. 그는 과거 시험 동기이자 권력의 최정점, 가짜 역모의 주역 이이첨에게 다가가 그가 의중에만 두고 차마 실행하지 못하던 정적 제거에 손수 나서준다. 급속한 출셋길에 올랐고, 광해군의 최측근이 되어 급기야 이이첨의 위기감까지 불러왔다. 드디어 당상관에 올랐다. 그러는 한편 조용히 진짜 혁명을 준비했다. 이 부분은 불확실하다. 그가 역모로 능지처참을 당한 건 사실이나 그가 생각한 혁명이 어디까지인지, 단순히 정적을 말살하기 위한 술수를 부리다가 역공을 당해 죽은 것인지, 마치 〈홍길동전〉을 썼는지 안 썼는지 본인만이 알 수 있는 것처럼 누구의 기록도 확실치 않다. 허균에게 위기감을 느꼈던 이이첨이 허균을 죽일 공작을 짰다는 큰 틀에 허균도 따로 군사를 준비해 두고 청나라가 쳐들어온다는 유언비어를 퍼트려 도성을 비게 한 다음 궁궐을 접수할 계획을 세웠다는 세부가 채워진다. 그런데 여기서도 그게 광해군 보위를 위한 군사이동인지 역성혁명인지, 진위는 허균만이 안다. 문초한 번 없이 묵묵히 옥에 갇혀 아무 말 못 하다가 허심탄회한 자백

일기를 쓰기도 전에 속전속결로 처형되었다. 그런 일기를 썼을 수도 있고 안 썼을 수도 있다. 하지만 기록상 그가 남긴 마지막 말은 "할 말이 있다"였다. 그는 처형장으로 끌려가며 "할 말이 있다" 외치고 외쳤다. 그 시간에 할 말을 했으면 오해 없이 명쾌한 역사가 되었을 텐데, 역사학자들 좋으라고 틀리거나 말거나 손해 볼 것 없는 논문 주제만 하나 남기고 세상을 떠났다.

도를 도라 하지 못하고,
아버지를 아버지라
하지 못하고

인간 세상에 내밀한 법칙이 있기는 한데, 그게 인간을 위하거나 인간이 꼭 지켜야 하는 법칙은 아니다. 만물이 도道 안에 있는 건 분명하나, 도는 항상성이 없으므로 '도'를 깨우쳤다 하는 순간 이미 인간의 언어 속에 고정된 '도'를 암기한 것밖에 되지 않는다. 그 깊고 현묘하고, 거대하나 세밀한, 내밀하고도 장대한 도를 헤아릴 바 없어 그저 '도'라고 부르기는 했으되, 그 이름으로 붙잡아 둘 수 없다. 도에는 인격이 없다. 인간 세상에 관여하며 변발한 사과나 물에 만 밥을 받아먹는 인격신이 아니다. 인간을 감싸 안지도, 인간에 봉사하지도 않는다. 도는 인간을 한갓 강아지풀 취급한다. 용도가 다하면 바람으로 날려 버리고, 불로 태워버리고, 간절히 매달리거나 말거나 방치해 둔다. 풍장, 화장, 객사. 그렇더라도 인간은 도에 합당하게 살아야 한다. 아이처럼 분별없이, 순수하게, 나무 둥치처럼 세상 쓰임새, 용도 같은 한계를 두지 않은 채.

　노자의 가르침은 이런 식으로 아는 척 표현하기가 좋다. 어차피 인간이 쓸 수 있는 단어라는 게 거기서 거기고, 도는 항상 그러한 도가 아니라고 도올 선생님이 쓰시나 내가 그걸 베껴 쓰나 언어만으로는 질적인 차이를 구별할 수 없다. 모르겠다 싶을수록 자신에 차서 나도는 말을 가져다 쓰면 그것이 화자가 몸으로 겪고 하는 말인지 아닌지 알 수 없으므로 너의 뜻이 아닌 것 같다 탄로 날 위험이 없다. 도를 알 수 있는가, 어떻게 알 수 있는가. 학을 타고, 구름을 타고, 1000년을 살기 위해 산에 들어가 수행을 하고, 무수한 신선의 이야기를 정리해 퍼트리고, 우주와 도에 관한 이야기를 인용하며 얻고자 한 건 정말 도였을까? 문학적 형식의 차용, 환상이 주는 재미만 추구한 것일 수도 있지 않을까?

　신선 세계의 고사나 소재들을 이용해 선계에 노닐거나 불로장생을 염원하는 시를 유선시라 하는데, 가장 많은 유선시 작품을 남긴 작가가 허난설헌이다. 그가 남긴 210편이 넘는 시 중에서 120여 편이 도교에 관한 내용이다. 작품의 평가는 허난설헌 평전이나 연구서만 참고하다 보니 '최고였다'는 말을 옮길 수밖에 없다. 내가 그녀의 한시를 직접 해석하거나 다른 유선시와 비교해서 읽어 볼 수는 없으니.

　도교 문학의 의의를 설명하는 책들은 아무리 두꺼워도 대강 두 문장으로 정리된다. 현실에서의 타개책이 보이지 않으므로 환상으로 도피했다, 좌절의 보상을 거기서 찾았다. 누군가의 말을 빈틈없이 신뢰하고 살진 않아서 지금껏 패턴대로 의심을 좀 보태자면, 대개 정신분석이란 것을 이용해 문학을 분석하는 사람들은 오이디푸스라든가, 성, 죽음 같은 몇 개 안 되는 유형 바구니 앞에 인류를 줄 세운 다음, 부가적 내용들은 전부 재단해서 그 인간이 이러한 욕망과 공포를 갖고 있었다고 남들 앞에 일별해 놓는다. 그 바구니 수가 몇 안 돼서 왜 너랑 나랑 같이 있는 거냐 민원이 빈번하게 제기된다. 자그마한 침대에 눕혀 놓고 삐져나온 다리를 잘라 길이를 맞추는 그리스 전기톱 살인마 같은 분석이라도, 그런 작품 해설이라도 하지 않으면 달리 할 말이 없으므로, 방금 내가 그랬듯, 서로서로 그런 말을 인용한다.

　허균이 안 썼을 수도 있는 〈홍길동전〉에서 홍길동이 벌이는 재주 대부분은 도가 수행자들의 술책이다. 산에서 생쌀을 씹으며 일주일을 안 자고 수련하며 익혔다는 〈남궁선생전〉의 주인공 남궁두라든가, 비와 바람을 부르고 구름을 타고 둔갑술을 펼치거나 알약으로 왕이나 아버지를 살리는 홍길동의 활약은 도교 경전과 신선 설화에서 가져다 쓴 소재들이다. 이런 작품을 쓰기 위해서는 도교의 신선과 도술에 관한 수많은 레퍼런스들이 있어야 한다. 허균과 허난설헌의 글에 사용된 단어와 고사, 설화의 목록만 따져도 그들이 섭렵했을 도가 서적이 꽤나 많았을 거라 짐작된다. 〈반지의 제왕〉 한 권 읽고 거기 나오는 단어들로 조합한 한국형 판타지처럼 보이지 않는다. 이들 남매는 정말 신선의 세계나 경지를 추구한 것일까? 지식을 구하는 시야가 광범위해 섭렵한 분야가 많았을 뿐인가? 신선을 동경하여 스스로 신선이 되어 보는 것이 도교라는 것은 〈서유기〉를 읽고 알게 되었지만, 그것이 노자의 〈도덕경〉과 어떤 식으로 연결이 되는지는 어렴풋하기만 했다. 경포 호텔 침대에 누워서는 아니지만 곧 허난설헌 시집을 읽게 될 때를 대비하여 도교가 어떤 종교인지 정리해 두어야 했다.

도교 30일 미완성

도가의 정경은 만 권이 넘는다고 하는데, 제1정경인 노자의 〈도덕경〉을 제외하고는 각 서적들의 가치에 우열을 두지 않는다. 어느 것 이단시하지도 않는다. 불경도 아함이나 반야가 절대적 가치가 있긴 하지만, 어느 인도 승려의 말이라든가 중국의 몇 대 선승이 출제했다는 스무고개 놀이도 경전에 포함시킨다. 그래서 도교가 어떤 종교인지 알아봐야겠다는 의도는 쉽사리, 아주 말끔하게 포기된다. 범위도 종류도 경전도 너무나 많다. 불교와 달리 대중적 개론서가 많지도 않고 찾아가 물어볼 교당도 없다. 알려는 노력 자체가 한 달을 넘기지 못했지만 그간 형광펜으로 줄을 그은 문장들을 정리하자면, '도교를 한마디로 정의하기는 어렵다'는 밑밥으로 모든 개론서가 서두를 연다. 문화란 무엇인가, 한 문장으로 단정지을 수 없다. 예술이란 무엇인가, 관점에 따라 다양한 의견이 있을 수 있다. 흔한 패턴들이지만, 이게 필자의 권위 실추를 막기 위한 선제 조치만은 아니다. 정말로 문화 자체는 아무것도 아닐 수 있지 않나. 예술이 뭐라고. 그래서 문화, 예술 같은 것들이 내게 무엇인지, 나란 개인의 몸과 감정의 일부를 어떤 식으로 차지하고 있는지 결정하는 것으로 문화와 예술의 수많은 정의에 또 하나의 갈래를 완성해 보는 것일 수 있다. 누가 전체를 말할 수 있겠나? 철학자는 철학에 관해 이야기하지 않는다. 온갖 반론과 충돌이 예상되지만, 나의 생활로 사상을 실험해 나간다. 철학을 이야기하는 사람들은 철학자가 아니라 철학의 역사를 공부하는 사람이다. 경기장에서 뛰지는 않고 관중들에게 축구의 역사, 각 리그와 구단의 특성, 선수 개개인의 프로필, 구단 운영의 개선 방향, 이런 거나 말하고 있다면 축구 선수라고는 할 수 없지 않겠나. 말하기가 아니라 살기 위해서는 범위를 좁혀야 한다. 뛸 것인가 말 것인가. 포지션은 무엇인가. 나는 어떤 철학으로 살아갈 것인가. 예수를 믿을 것인가, 말 것인가. 내게 도교란 무엇인가. 나는 도교를 어떤 신앙 형태로 대하고자 하는가.

개괄적으로, 도교는 개인의 깨달음이었고, 처음부터 신선으로 세상에 등장한 사람이 아니면 반드시 조력자가 필요했다. 그러나 태백산이나 절두산에서 조력자를 만난다 하더라도 그가 정말 도사라면 내 성장 속도에 따라 언제든 나를 박차거나 자리를 박찰 것이다.

공간을 좁혀 들어오자면, 오래전 마을 입구나 고갯마루에 세워 마을 신 역할을 했던 서낭당이 도교의 신이다. 토지신, 산신, 삼신할매, 아이의 무병을 비는 칠성신, 부녀자들의 소원을 들어주는 부뚜막신 같은 것도 마찬가지다. 신은 '도'와 달리 인간의 생활 전반에 두루 관여하고 있다. 나름 체계가 있는 것 같기도 하고, 아무나 되는 대로 영입한 것 같기도 하다.

그래도 신계의 위계는 있다. 최상위 신은 원시천존, 태상노군, 옥황상제다. 그 아래 원시천존, 영보천존, 도덕천존의 삼청신과, 무슨무슨 천존들이 죽 열거된다. 원시천존이 두 번 나왔다. 오타 아니다. 태상노군은 노자의 다른 이름으로 도덕천존이라고도 한다. 태상노군, 도덕천존. 글자는 다르지만 둘 다 노자다. 그래서 어떤 책에서는 원시천존, 도덕천존, 영보천존이 삼청 하늘에 사는 삼청신이라 하고, 이들을 최고 신으로 둔다. 옥황상제가 빠졌는데, 옥황상제도 최고 신이다. 하, 참, 달리 신의 영역이 아니다. 원시천존은 세상을 만든 신이고, 영보천존은 세상의 정기, 도덕천존은 예수처럼 이 땅에 내려온 '말씀'의 화신 노자다. 이들이 각자 머무는 하늘이 세 개, 이 세 개가 각각 셋으로 나뉘어 9개. 3의 배수로 36

까지 가면 그게 하늘의 숫자다. 땅도 36개인데 각 하늘, 땅마다 관할하는 신이 있다. 서울 종로구 삼청동 파출소 자리는 조선 시대 소격전 터다. 유교 국가 조선에서 국가적 도교 제사를 지내던 곳이다. 그래서 삼청동이란 이름이 붙었다. 삼청동 파출소에서 삼청공원을 지나 1.5km 정도 위로 올라가면 삼청각이라고 있는데, 지금은 커피도 팔고 전시도 하고 전통공연도 하지만, 70년대에는 오진암, 대원각과 함께 한국의 3대 요정이라 불렸던 곳이다. 밀실정치, 요정정치라는 말이 탄생한 세 곳의 요정, 정치가 그야말로 신선놀음이던 시절에 이르도록 삼청은 최고의 신이었다.

해와 달, 수많은 별, 땅의 신선. 풍신, 우신, 빙신, 수레를 만들었다는 신화 속 인물인 황제와 전설의 태평성대를 이끌었다는 요, 순, 우, 주나라 문왕, 진시황, 이건 좀 심하다 싶게도, 유교의 공자와 안회까지. 더 있다. 부엌 신, 누에 신, 약초 신 등의 갖가지 직업신. 온갖 자연 신앙, 민간 신앙. 한계 없이 덧붙여진다.

도교 사상은 284년 태어났다는 갈홍이라는 사람이 〈포박자〉와 〈신선전〉이라는 책에 집대성해 놓았다. 개론서의 기나긴 설명의 공통적인 맨 앞 장만 따오자면, 도교 이론은 황제와 노자라는 인물들 이야기에다가 신선이 되는 방선도를 합쳐 놓은 것이다. 도는 우주는 본원이자 생명의 근원이고, 곧 신이다. 도를 얻으면 영원히 사는데, 이런 사상적 측면은 노자와 장자의 책에서 왔다. 방술은 점을 치고 주문을 외우고 기도를 하고 제사를 지내는 방법이고, 이빨을 딱딱 부딪친다든가 손가락으로 이런저런 모양을 만든다든가 하면서 주문을 외운다. 실전편이라 할 수 있는 양생술은 불로장생을 위한 수련법인데, 생식을 하거나 금식을 하고, 태양을 바라보며 명상을 하고, 단전에 기를 모으고, 경락을 열고, 호랑이, 곰 같은 동물의 모습을 본뜬 체조를 하고, 집에 갈 때 어떤 특별한 새처럼 걷기도 한다. 그러나 이런 수련 아무리 해 봤자 약을 안 먹으면 소용없다. 황정, 우여량 같은 식물성 약을 먹으면 몸이 가벼워지고, 결정적으로 금단이라는 금속성의 약을 먹으면 신선이 된다. 딱 한 알만 먹어도. 당연히 금단 제조법은 비밀이다. 이 비밀을 알기 위해선 단전호흡, 경락 마사지, 채식, 단식, 동물 흉내를 전부 거쳐야 한다.

도교에는 한 갈래의 파악되는 신앙의 형태라든가 규정이 있다고도 하고 없다고도 한다. 하, 정말 모를 사람들. 커다란 나무에 빌거나, 하늘에 빌거나, 옥황상제, 노자, 수련, 단약, 이 전부가 신선이 되는 길이지만, 수련법에는 오소독스가 없다. 이소룡이 지은 〈절권도의 길〉 같은 초식 안내서가 있으면 생명을 연장시키는 일, 기질을 변화 시켜 영원히 죽지 않는 경지가 맨 뒷장쯤엔 적혀 있겠지만, 비밀을 담고 있는 문서들은 죄다 '도는 천지보다 크나 바늘보다 작고, 도를 따르는 일은 아무것도 하지 않으나 하지 않은 바가 없다'는 비밀을 알려준다. 내 비밀은, 나한테 비밀이 있다는 거야, 이런 식이다.

　도교 수련자들은 다들 산으로 가는데, 대표적인 곳이 홍길동이 어머니에게 탄식하며 장충의 아들 길산이 운봉산에 들어가 도를 닦은 것을 본받아 집을 떠나겠다고 밀할 때의 그 운봉산이다. 아버지 장충은 태산에서 도를 닦았다고 한다. 고대 어느 나라에나 높고 험한 산에는 만물을 생성시키고 약동시키는 생명력, 신비한 힘이 서려 있다는 신앙이 있었다. 음지의 생명력, 깊은 계곡 골짜기와 같이 어둡고 습하고 보일 듯 보이지 않는 어둡고 무시무시한 기운을 신앙의 대상으로 삼는 신앙을 다른 말할 필요 없이 산악신앙이라 불렀다. 도교나 불교의 거처들이 산에 있는 것도 다 그 때문이다. 산에서 학을 기르는 도사나 대중들 속에서 밥을 얻어먹어야 하는 탁발의 계를 무시하고 산속 암자에서 도토리를 줍고 버섯을 키우는 승려나 다들 저도 모르는 산악신앙의 숭배자들이다.

　중국 사람들은 도교가 중국에서 발생한 그들 고유의 종교라 생각하고, 서양 사람들이 쓴 책들은 더 확고하게 중국 발생설을 재생산한다. 그러나 한국에도 새벽에 물 한 그릇 떠 놓거나 오늘따라 달이 예사롭지 않게 밝을 때면 내 집안의 안녕과 이웃집의 재난을 비는 한국만의 도교가 있었다. 그걸 신라에서는 풍류라고도, 풍류도라고도 했다. 통일신라 말기를 살았던 최치원은 유, 불, 도가 들어오기 전부터 나라에 오묘한 도, 현묘지도玄妙之道가 있었으니, 그것을 풍류風流라 부른다고 했다. 풍은 뭔가 음산하고 다음 장면에서 뭐라도 나올 것 같은 바람이고, 류는 바람의 흐름이다. 화랑의 도가 풍류였다. 화랑은 한두 명의 화랑과 그들을 추앙하며 따르는 낭도로 구성됐는데, 종교성을 띤 결속체였다. 영랑, 술랑, 남랑, 안상 네 명의 화랑이 고성 삼일포에 3일간 머문 뒤 속초 영랑호, 강릉 안인해수욕장 근처에 있었다는 한송정에 머물다 신선이 되었다는 신화, 고조선의 단군왕검이 왕위를 넘겨주고 황해도 구월산, 아사달이라고도 불리는 산에 들어가 신선이 되어 1908살까지 살았다는 신화들이 자생적 도교의 증거들이다. 허균은 황해도사 시절 왕검의 아사달 산으로 유랑 갔다가 폭포를 보며 "저 깊은 소용돌이 안에 용이 살고 있을 듯하다"는 글을 남겼다.

중국이 발원이라 하든, 한국에도 그 비슷한 게 있었다 하든, 노자 사상을 떼어놓으면 도교는 자연 종교와 구분이 가지 않는다. 중국 천지사방의 잡신들이 아이슬란드의 요정보다 아량이 넓은 것도 아니고, 아메리카 원주민의 소나무보다 더 고차원이지도 않다. 원시종교의 기원을 따지려면 인류의 기원부터 따져야 순서일 것 같다. 아프리카에 살던 우리 이모할머니 오스트랄로피테쿠스 아파렌시스, 루시.

도교가 국가적으로 장려되는 건 고려 시대이다. 왕 이름이 예종이던 1115년 국가 도관인 복원궁福原宮, 소격전昭格殿이 건립되었고, 삼청동 소격전은 임진왜란 이후까지 남아 있었다. 신의 계보, 받들어 모심보다 개인의 수련이 더 중요했기에 따로 교단은 없었어도, 선비 계층에서 특히 내부의 기를 수련하는 단학을 꾸준히 이어갔다. 사회적 좌절이나 실망, 한계를 현실에서는 어쩔 수 없이 선계로 도피하여 보상 받으려고 했다는 게 이유다. 출생이나 능력, 집안의 한계에서 오는 불만을 리니지나 반지의 제왕으로 도피하여 보상받으려 했다는, 맞는 것 같기도 하고 아닌 것 같기도 한 이야기다.

가장 보편적으로 행해진 도교 풍습은 경신일이다. 인간의 몸에 살고 있는 삼시, 수경신이라 불리는 벌레가 두 달에 한 번 경신일 밤마다, 인간이 잠이 들길 기다려 하늘에 올라가 옥황상제에게 자신이 빌붙고 있는 인간의 죄를 낱낱이 고한다. 그 죄과에 따라 옥황상제는 인간의 수명을 삭감하고, 기생체는 숙주의 수명이 줄었다며 기뻐 날뛴다. 이 기생체가 바이러스 같은 생명체가 아니라 영혼이어서 숙주가 죽으면 자유를 얻기 때문이다. 숙주들은 이에 맞서 귀신 기생체가 아예 하늘에 올라가지 못하도록 경신일 밤 잠 안 자기 운동을 전개했다. 이 처방은 민간에서 크게 유행하여 마치 크리스마스 전날처럼 밤새 잠 안 자고 먹고 마시는 날로 정착되었다. 밤새 술 마시는 왕도 있었겠지만, 대개 왕실에서는 궁을 나와 절에서 밤을 지내며 부처에게 수명을 빌었다. 불과 도의 공수교대가 자유자재였다. 이럴 거면 종교의 구분 자체가 모호해지는 거 아니냐 반발하고 싶겠지만, 해결 방법이 있다. 모호하다 불평하지 않으려면 어떻게 해야 하나, 모호하지 않다고 생각하면 된다. 나는 모호하다는 생각이 안 드는데? 자, 이제 됐다. 신념을 십분 발휘하면 구분이 온다. 구분을 했으니 구분된다는 게 공식이다. 기독교, 천주교, 장로교, 감리교, 은교, 예수교. 어떻게 구분된다고? 조계종, 천태종, 정토종, 태고종, 최수종. 그들 사이의 부처는 어떻게 다르다고? 신념 십분, 확고한 구분. 이런 거 그만하고 누가 금단 한 알 입에 물려주겠다면 당장 등산 장비를 꾸릴 텐데.

난새처럼 처절하게,
길동처럼 잔혹하게

꽃구름에 날려 하늘로 향해 가니

푸른 깃대 궁전이 되고 옥 제단은 비어 있다

푸른 난새 한 마리 서쪽으로 날아가고

이슬은 복숭아꽃에 맺히고 달은 하늘 가득하다

거울 속 외로운 난새 여 신선을 원망하고

구름수레를 타고 늦은 봄 하늘 문에 작별하고 돌아선다

벼슬 얻은 낭군은 무정한 사람

푸른 소매에 눈물 자국만 흥건해서 돌아왔네

허난설헌에게 도교의 경전이나 설화는 상상의 도구였을 뿐, 신선 사상을 믿었다거나 스스로 수련에 돌입할 생각은 없었던 것 같다. 그래서 그녀는 하늘로 올라갔다가 매번 현실로 돌아온다. 눈앞의 선경을 두고, 눈물을 흘리며 뒤돌아 현실을 바라본다. 허난설헌이 자주 쓰는 소재인 난새는 새장에 갇혀 살다 거울에 비친 자신에 부딪쳐 죽는다는 이야기가 붙은 새인데, 청색 빛이 나는 봉황의 일종이라 한다. 난설헌에게 이 새는 애정상실, 규방에 갇힌 몸, 꺾여 버린 꿈이었다. 새장을 벗어나 만 리를 날아간 봉황의 모범이 없었다. 성별의 한계에 막힌, 누구라도, 그래서 그녀도, 홀로 울 수 없어 거울을 보고 운 난새처럼 상상 속에서 서왕모를 만나고 불로초 밭을 거닐고, 옥황상제의 백옥루를 오르고, 거울 속 자신을 바라보며 가만 울었다. 이윽고 스물일곱, 자신이 그려낸 거울 속 자신을 향해 돌진했다. 꿈이야말로 비극의 연원이다. 헛된 꿈이라지 않나. 꿈의 헛된 망상 속을 거니는 동안만 살아 있다는 느낌을 받는다면, 이로써 참된 비극에 다다른 건 아닐는지.

도교에서 장수한다는 건 생명 순환의 아주 작은 일부일 뿐, 궁극적인 목표는 범속한 생활에서 자아를 완전히 해방시키는 것이었다. 도를 완전히 체화하여 신과 같은 존재가 되는 것도 좋지만, 나의 삶을 얽어매고 있는 온갖 족쇄를 끊고 표연히 홀로 나 자신과 마주하고 앉는 것이 이 종교에 발을 들인 이들이 갈구하는 바였다. 가장 현실적으로 도교의 신도가 되어 닿을 수 있는 이상적인 단계는 당면한 걱정 근심 고난이 나의 생사여탈을 쥐고 있는 절대적 문제가 아니라는 의식을 놓지 않는 것이다. 평정한 마음은 어느 종교에나 공통된 것이지만, 도교의 이상은 윤회를 끊는 것도, 천국에 이르는 것도 아니다. 사는 동안 적적하고 적막하게 머무르고 싶다는 바람. 잠 안 자고, 알약 먹고, 오대산을 뛰어다녀야 닿을락 말락 한 경지이나 지금 이 자리에서 아무것도 안 하고도 닿을 수 있는 상태. 평정한 '상태' 속에서 일부러 무언가를 지어내지 않으며 영원히 머문다. 시키는 일은 전혀 하지 않으면서 마음만 천하태평인 인간들의 경지는 아니라고 하고 싶다. 내 인생, 홀로 충만한 척, 그윽한 척, 실상은 관계를 갈구하며 인터넷이나 후벼 파지 않기를, 실로 도가적 평온에 한 번이라도 이르러 보기를.

허난설헌에게도 도교는 생명을 연장시키거나 도처의 영령에게 일신의 안녕을 비는 수단은 아니었다. 허균 또한 배를 채우기 위한 기도는 하지 않았다. 그는 이른 나이 수많은 죽음을 겪으며 생의 허망을 알았다. 살아 있는 시간을 충만하게 하려면 무엇을 해야 할까? 죽은 뒤의 수습은 그가 갈망하는 게 아니었다. 홍길동은 세종에게 병조판서를 하사받고 조선 사람들이 드나들지 않는 섬으로 떠났다가 인근 율도국을 점령하고 왕이 되었다. 나라를 다스린 지 30년 갑작스레 병이 찾아와 죽는데, 그때 나이 72세였다. 이

것이 좀 더 허균의 저작에 가까우리라 생각되는 서울판 〈홍길동전〉이다. 전주판 〈홍길동전〉은 여기에 마을을 찾아다니며 사람을 모아 놓고 이야기책을 읽어주던 강담사나 판소리 가락에 이야기를 붙여 불러주던 강창사의 꾸밈과 서사가 추가된다. 그 결과 홍길동이 부인과 하늘로 올라가 신선이 된다고 끝맺는다. 이것이 이야기를 듣는 사람들의 바람에 더 가깝긴 했을 것이다. 나는 아직 아이언맨의 죽음을 받아들일 수 없다. 3000번 부정했다. 홍길동은 신선이 되어 지금도 어느 산속, 어느 하늘에선가 살고 있다. 고난이 극에 달했을 때 반드시 이 땅에 다시 내려와 우리를 구원해 주겠지.

적서차별이라는 사회적 문제가 대의로 내세워졌을 뿐 홍길동도 허균이 이전 만들어 냈던 문제적 주인공들과 비슷한 면모를 갖고 있다. 술에 취해 수표교에서 떨어져 죽었다고 소문난 장생이 사실은 신선이 되어 동쪽바다 섬나라를 찾아다닌다거나, 정을 통한 첩과 조카를 죽이고 산으로 들어가 굶고 안 자고 비결을 읽으며 수련한 남궁두가 끝내 하늘 신선은 되지 못하고 지상 신선에 머물고 말았다거나, 〈옥추경〉을 수만 번 읽고 도술에 트인 장산인이 죽은 뒤 화장을 하고 나서도 친구 집에 놀러 왔다거나. 서자로 태어난 홍길동처럼 허균의 주인공들은 다들 태생적으로 중심에서 떨궈져 나간 인물이었고, 세속적 바람이 있었으나 의지와 상관없이 세상과 멀어져야 했고, 도를 얻어 인간 세상을 초월했다. 다들 자기만의 세계를 찾아냈다.

1609년 명나라 사신을 접대하고 돌아온 허균은 그간 쓴 시를 모아 스승 이달에게 보낸다. 이달은 시가 무르익긴 했으나 아직 이태백 같은 당나라 시에는 미치지 못한다는 감상평을 보냈다.

"이번에는 선생님이 틀리셨습니다. 변화를 모르시는군요. 비록 당나라에는 가깝지 않으나 제 나름 이뤄 놓은 것이 있습니다. 저는 오히려 제 시를 읽은 사람들이 당나라 시나 송나라 시의 풍격과 닮았다고 말할까 걱정됩니다. 저는 사람들이 '이것은 허균의 시구나'라고 말하길 원합니다."

허균의 답이다. 불경을 읽고 도교 수행자를 찾아가 이야기를 나누고, 시를 쓰고, 제도 개혁의 상소를 올리고, 적서차별을 주장한 것은 수명 연장이 아니라 '허균의 시' '허균의 문장'으로 축약되는 허균의 삶을 이루기 위함이었다. 물론 나의 바람이 투영된 말이다. 일찍이 삼척부사 자리를 떨치고 나오며 이제 벼슬은 됐고 부처나 섬기겠다고 쓰고선 '그대들은 그대들의 법을 따르게 나는 내 삶을 이루겠네'라고 표명했던 것처럼, 허균이란 사람의 자취를 좇는 것은 내 인생, 나라는 장르를 써 내려가고 싶은 바람 때문이다.

황제든 천황이든 교주든 한 인간을 신으로 떠받들거나, 한 사상가의 말을 돌이킬 수 없는 진리로 새기고 사는 재미는 어떻게든 참고 싶다. 1400그램 정도 된다는 나의 뇌 무게를 온전히 나의 판단과 선택에 사용하고, 오직 믿음이라는 단어를 믿음의 근거로 삼는 저 확고함과 끝까지 거리를 두고 싶다. 추종자, 패거리, 학파, 교파에 나의 뇌 700그램을 투영하지 않는다. 예수, 석가, 마르크스, 모택동, 박정희, 문선명, 이건희. 교조들이 간통죄로 구속되었던 인물이든, 환락 동영상의 주인공이든, 확고한 믿음은 그들을 성인으로, 완전한 인격으로 추대한다. 100년 전 조선의 글 읽는 인간이면 누구나 공자와 안연을 추구하고 닮아 가고자 했다. 적어도 말은 그렇게 하고 살았다. 말을 하고, 시를 쓰고, 종교적 집념을 부렸다. 추종을 했으니 그들의 모범을 닮아 가려 시도 정도는 했어야했다. 닮아 가려는 목적이 없다면 추종이란 건 대체 뭣하러 하는걸까. 그들은 세속 역사의 한복판을 점거하고서 역사와 인간 의식의 진보를 지체시켜 왔다. 추종과 믿음의 대가로 대단치도 않은 재물과 명예는 얻었을지 모른다. 공자의 고된 인생 전반이 구직활동이었던 만큼 공자의 삶을 구현하는 것이 윗선에 줄을 잘 대는 것이라고 해도 조선 양반 누구 하나 명예가 실추되진 않을 것 같다.

이렇게 일면식도 없는 공자 양반의 인생까지 중얼대다 보니, 이 기나긴 나 홀로 만담은 교주와 신도의 주도성을 역전시키는 반전에 접어든다. 만약 할 수만 있다면 교주는 신도들에게 생명을 주고 부와 명예를 줄 것이다. 대가로는 현금만 받는다. 교주가 신도들의 바람과 이기심의 최소한도를 채워주려는 제스처를 지속하는 한 그가 얼마나 큰 재복을 누리든 그건 신도들을 속여서 얻는 대가가 아니다. 개개의 욕망들과의 정당한 일대일 교환이다. 성도들의 욕망은 교회의 반석이 되고, 목사는 욕망에 확신을 준다. 무슨 일이든 자신감이 중요하니까. 욕망이 충분히 모이기만 하면 봉제인형으로도 중앙일보, 세계일보 같은 사보나 주보 정도는 인쇄할 수 있다. 아베 발 신문 시사, 트럼프 발 트위터 같은 것도 한 정치인의 욕망이 아닌 성숙한 세계 시민들의 구린 속내일 수 있다.

　　죽기 전 허균이 조선 양반들의 편 가르기와 칼싸움 판의 중심부로 걸어 들어간 것은 한 인간의 전략일지도 모른다. 사지가 찢겨 죽은 결말은 그의 정적들이 그린 대로 전락한 인간의 적확한 표상일지도 모른다. 물론 내가 읽을 수 있는 기록들에는 허균이 벌인 정치공작이 전락이 아닌 전략이라고 되어 있다. 필자들이 그렇게 증명해서도, 그렇게 믿어서도 아니다. 처음 글의 주제를 그렇게 잡았기 때문일 것이다. 내가 찾아가는 무덤의 주인들은 실제 그 사람이 아니라 각 분야 학자들이 자신들의 한정된 자료와 연구주제에 맞게 그려낸 사람이다. 그래서 내가 닿을 수 있는 한계는 허균의 소맷자락이나 홍길동의 도포 자락 정도다. 그러나 그렇게라도 스친 인간이 허균이라는 게 기적 같다. 생각의 갈래가 아메바 같던 시대, 허균의 아버지 허엽은 어떻게 허봉 같은 아들을 키워낼 수 있었으며, 난설헌은 무슨 용기로 자신이 처한 굴욕적인 한계상황에 굴복하거나 우회하지 않고 머리를 처박고 죽을 생각을 했으며, 허균은 생애 전부가 어찌 허균 같을 수 있었을까. 막힘없는 인간, 구분 없는 인간, 세상 어떻게 돌아가든 나를 이루는 데만 관심을 두고, 인간 본성의 기원까지 거슬러 가 보려는 인간. 나는 허균의 이야기를 정리하며 나의 어디까지 파고 들어갈 수 있을까.

빈 무덤,
두 동강 난 비석

오후 세 시가 조금 안 된 시간, 동네 개 한 마리가 등 뒤에서 쉴 새 없이 짖고 있고. 성가신 소음 속에서 나는 한자로 새겨진 온갖 이름들을 해독하고 있었다. 아버지 허엽의 무덤이 가장 위에, 형 허성, 허봉의 묘가 그 아래, 허균의 묘까지 어렵게 찾아냈다.

　　남부터미널에서 용인시 좌전으로 가는 버스가 있었고, 거기서 시내버스를 타고 두 정거장. 공장과 축사, 물류 창고. 트럭과 탑차만이 오가는 길을 걸어 양천 허씨 선산에 도착했다. 휴대폰 지도가 산 반대편을 가리키는 바람에 산 하나를 넘는 동안 수많은 비석 주인의 이름들을 더듬더듬 호명해야 했다. 산 반대편, 훤히 트였으나 볼만한 경치는 없는 곳에 터를 잡고 허씨 5문장 한 가족이 모여 있었다. 허균은 자신의 죄명에 끝까지 승복하지 않았다. 죄를 결정짓는 문서에 서명을 하지 않아 강제로 붓을 쥐게 하여 이름을 휘갈겼다. 사형된 장소는 알 수 없지만, 지금의 서울 시청 자리에 있었던 군기시 앞이 아니었을까. 군기시는 병기 등을 제조하는 곳이었는데, 중죄인의 처형은 주로 그 앞에서 했다. 뜯겨나간 허균의 머리는 거리에 전시되었다. 그의 머리를 가져다 장사 지내려던 이는 잡혀가 심문을 받았다. 세월이 흐르며 정치 사화로 죽어간 이들이 하나둘 복권되었지만, 허균은 조선이 망하는 날까지 역적으로 남았다. 조선 유일의 역적.

　허균이 처형당하고 아버지 허엽의 묘비는 두 동강이 났다. 무덤을 파헤쳐 관을 때려 부수었다는 이야기도 있다. 짙은 회색으로 젖은 묘비에는 그 참혹한 흔적이 그대로 남아 있었다. 허균의 묘는 후대에 만든 가묘다. 허성, 허봉의 묘는 지그시 아버지와 동생 사이를 지키고 있고, 묘지 입구에 허난설헌의 시비가 있었다. 제대로 길을 찾았으면 가장 먼저 마주쳤을 비석이다. 허난설헌은 경기도 광주, 남편 집안 선산에 묻혔다. 부모형제와 떨어져, 두 아이를 한 팔로 감싸며.

　꼭 갔다 와야 하나 고심한 것치고는 손쉬운 여정이었다. 비가 굵어졌고, 남서울터미널로 가는 버스를 기다리는 동안 입고 온 가죽 코트가 축축하게 늘어졌다. 마스크 안에 입김이 눅눅하게 고였다. 이곳에 사는 사람들은 도대체 뭐하면서 하루를 보낼까. 막막하다. 막막함과는 상관없이 정류장 저만치 상해 반점에서 짜장면 하나를 먹었다. 먹는 동안 버스 한 대가 지나갔고, 그래서 잠깐 만두도 하나 먹을까 고민했다. 버스를 타고 40분 만에 휘황찬란한 도심에 내려섰다. 낮과 밤의 구분이 불가능한 세상, 볼 것, 놀 것, 시간을 채울거리가 넘쳐나는 세상. 성스럽진 않지만, 적당히 친절하고, 모두가 죄인 같으나 안위를 살피며 걸을 필요는 없는 곳. 그리고 전적으로, 살아 있는 사람들의 공간. 죽은 자는 죽은 자의 곳으로 갔다. 서울 도심은 죽은 자를 위해 공간을 할애하지 못한다. 살기에도 벅찬 공간이므로.

　나는 산 사람으로서 나에게는 오로지 삶뿐이며 오로지 내가 바라보고 기억할 수 있는 시공의 테두리만을 배회한다. 그 이전, 그 이후, 테두리 밖은 상상할 수 없다. 삶의 등 뒤에 뒤늦은 통탄이 업혀 있다는 건 알고 있지만, 통탄의 무게에 완전히 짓눌리고 나서야 애석하다, 애석하다, 나의 삶이여, 폐에 남은 마지막 공기를 뱉어낼 것이다. 삶의 시작이 내 기억에 없듯, 내 소멸도 내 기억에는 없을 것이다. 나에게 시간이란 살아 있는 시간뿐이다. 영원한 소멸 가운데 잠시 반짝였던 순간일지라도, 지구의 기나긴 일생에 하루만 할애받았더라도 나는 오늘 하루 영원한 삶을 산다. 오늘 하루 뭐하지? 이건 일생의 질문이기도 하다. 뭐하고 살지, 어떻게 살

지? 재미있는 일을 하자. 재미있는 일 뭐 없을까? 의미는 전파되지

않는다. 자그마하게, 내게 안겨 나와 함께 떠난다.

김대건의 필사적 생존,
오직 순교를 위한

그것은 명백하게 비극이었으나, 점진적인 비극이었기에 참아내고 극복할 시간이 충분할 거라 생각했다. 나는 그 비극이 줄곧 두려웠다. 두려움이 아니라 커다란 욕망이었던 것 같기도 하다. 욕망이 너무 커서 두려움과 구분이 가지 않을 때도 있다. 젊지 않다, 불현듯 그런 느낌이 들 때. 늙는 게 비극이라면, 이 비극은 나름의 전개를 멈추지 않겠지만, 비극의 당사자는 대개 그 꾸준한 전개를 잊고 살아간다. 그러다가 어떤 기준, 어떤 장소에 이르면 잠시 제쳐두었던 사실이 불쑥 부각된다. 예컨대 게스트하우스 같은 장소에서.

젊음에 연연하게 된 건 당연히 젊지 않다는 사실을 받아들이면서부터였다. 하고 보니 당연한 말이지만, 마흔 되기 전까지, 서른아홉 12개월까지도 내가 이런 당연한 말을 하게 될 거란 걸 당당하게 몰랐다. 잇따른 전조들이 있긴 했다. 머리숱, 주름, 허리둘레, 제자리높이뛰기, 난데없이 들려오는 호칭, 선생님이라든가, 사장님이라든가. 대리도 달아 본 적 없는데. 태어날 때부터 머리숱이 적었고, 또래보다 나이 들어 보였기에 남들은 다 아는 우려, 나만 모른 척 살았다. 비극은 분명 예정돼 있으나 점진적이다. 그사이 두려움을 극복하는 방법만 익힌다면, 전조들이 눈에 익어 간다면, 어느 때고 나의 늙음과 떠날 때를 인정할 수 있게 될 것이다. 자신만만했다고 할까. 그런데, 늙어버린 거다. 현명한 노인, 초탈한 인간이 되는 법을 찾자, 얼른얼른, 이것저것, 뒤적뒤적. 못 찾겠다. 어려운 책은 안 봐서 그런 것 같다. 생각을 틀어 보자. 뒷길을 열어 보자. 욕망이 두려움으로 변했다면, 젊음을 욕망하지 말아보자. 젊지 않다는 두려움이 사라질지 모른다. 젊음을 욕망하지 않는다. 될까?

4인실의 3인,
나머지 방은 비었음

지금껏 게스트하우스를 꺼려 왔던 건, '간격' 측정의 오차가 상당히 심했기 때문이었다. 줄곧 모르고 살다가 금세 모르게 될 사람들에게 어떤 의미를 담아 인사를 나눠야 하는지, 나를 어디까지 소개해야 하며 그들이 열어 놓는 공간의 한계가 어디까지인지, 말해 준다고 그게 진실일지. 나는 그들에게 어떤 사람으로 보여야 하는가, 그들에게마저 뭘 보여야 하나? 그리고 더 직접적으로는, 가까이에서 남이 자고 있다. 그의 잠버릇, 신경 쓰인다. 더 신경 쓰이는 게 있다. 집에서는 통용돼 왔으나 밖에서의 검증은 희박했던 나의 잠버릇. 뭐라도 시원찮은 게 있으면 어쩐다. 합리성을 관장하는 뇌어느 부위가 끊임없이 재잘거린다. 과연 그렇지 않나, 화장실, 욕실, 잠버릇, 다 무결점? 근거 있음? 주파수가 잘 안 맞는 머릿속 소음이 지지직거린다.

제주공항에서 나와 이호테우 해변까지 한 시간 반. 어떻게 하지, 호텔 예약을 해? 이호테우에서 구엄포구까지 두 시간. 아, 어쩔 건데? 10분에 한 번씩 합리적 회의를 떨쳐내며, 다가올 밤의 시뮬레이션을 돌리며. 구엄포구에서 고내리포구까지 한 시간. 호텔 예약 사이트를 열고 가격을 검색한다. 5만 원이면 어지간한 하룻밤이 되겠군. 아니, 그래도 혼자 잠만 자고 나올 건데 돈이 아깝지 않나? 남들 다 가는 게스트하우스 가는 게 뭐 그리 대단한 일이라고, 하고많은 날, 겨우 하룻밤이잖아.

이제 종착지 애월까지 한 시간. 재잘거림이 멈춘 줄 알았다. 그러나 잠시 뒤 머릿속은 다시 소음 밭이다. 내 판단과는 전혀 다른 종류의 올바름으로 나와 대치하고 있는 사람들, 고용노동부, 종로구청, 국세청. 책상에 쌓여 있을 갖가지 요구들. 아무래도 빨리 가서 일을 해야겠다. 아니 근데, 나만 일한다고 될 일인가, 정책이 안 바뀌는데. 총선이 잘 돼야 해. 아베를 내세워 입 뻥긋 안 하면서 혐오의 말만 쏟아내는 일본인들, 지난해 저들이 끼친 손실액이 내 연봉을 넘어서는 것 같군. 이런 판국에 류현진 기사에 존재감도 없는 일본 선수를 끼워 파는 인간들은 어디서 청탁을 받은 거야? 순차적으로 구성되고 조합되는 언어와 잡다한 생각의 연쇄작용. 내

친김에 서기 3000년 00학번의 입시 제도까지 걱정해 볼까? 안 되겠다, 당장에 언어를 끊어버리지 않으면 제주도건 바다건 아무런 의미가 없겠다.

지금 당신의 눈앞에 바다가 펼쳐져 있습니다. 파도 소리에 집중합니다. 당신의 말은 점점 파도 소리에 묻혀갑니다. 이제 주위에는 오직 파도 소리밖에 들리지 않습니다. 당신의 눈앞에는 파란 바다가 펼쳐집니다. 언어가 끊어집니다. 생각이 멈춥니다. 이제 당신의 정신은 한 차원 높은 곳으로 올라갑니다. 마음이 편안합니다. 그러니까 이 또한 언어가 아니고 무엇이더냐. 대마초나 마약이 즉효라더라. 깨어난 뒤의 법적 조치, 비난에 시달리며 자책으로 무너져 내리지 않을 정신력만 갖춘다면. 정신력이라, 나약하고말고. 수감은 정말 감당할 수 없겠어. 그렇다면 남은 방법은 한 가지. 오래전부터 전수돼 오던 비밀 아닌 비밀, 주문을 외워 보자, 야발라바히야, 옴 마니 반 메훔, 슈퍼칼리프라질리스틱익스피알리도셔스, 카르 페 디엠, 뜰 앞에 잣나무, 아멘, 나무 관세음보살. 언어가 가진 자체의 의미는 증발시켜 버리고, 건조한 소리, 소음으로 언어의 진격을 멈춰 세우는 중얼중얼의 만트라, 언어도단, 무념무상. 집중하자, 애월 바다, 파도, 얼굴을 직격하는 애월 하늘 무수한 별.

식당이 문을 닫고 있었다. 게스트하우스는 식당 위층. 간발의 차로 차에 오르던 주인을 멈춰 세웠다. 내 의사는 아직 전달되지 않았으나 주인은 2층 계단을 뛰어올라 4인실의 문을 연다. 먼저 와 있는 숙박객 둘. 간발의 차로 나만 2층 침대를 쓰게 되었다. 괜찮을까? 독방을 쓰겠다는 의사가 전달되기도 전에 주인은 손가락 두 개를 편다. 지폐 두 장을 주머니에 넣으며 우다다 계단을 내려가 차에 시동을 건다. 유의 사항 하나 건네받지 못했다. 자의적 퇴근인 만큼 내 자취가 부수적으로 남길 불상사는 나의 책임이 아니다. 편의점에서 맥주와 오징어를 사 왔다. 맥주로 첫 끼니를 마치자 밤 10시. 눈을 뜨고 있기가 어려웠다. 방으로 들어가 침대 계단을 기어올랐다. 맥주 네 캔을 마셨다. 걱정이다. 예상되는 수순은 숙면이 아니라 화장실인데. 침대 난간에 매달려 계단을 내려왔다. 무사하고도 고요히 안착했다고 생각했는데, 방안에 진동이 인다. 화장실 물 내려가는 소리. 그리고 계단을 기어올라 눕는다. 찌걱찌걱, 철제 침대의 볼트가 닳고 있다. 그리고 잠시 뒤, 잠든 사람을 일부러 흔들어 깨우듯 침대 전체를 뒤흔들며 구궁! 2차 진동. 이제 막 군대에서 전역한 듯한 어린 친구들에게 중년의 민폐란 이런 거라는 걸 치가 떨리도록 각인시켜 주었다. 세 번이나. 그러고도 뱃속에선 시냇물 흐르는 소리가 그치지 않는다. 얼마 안 가 깊은 잠에 들긴 했으나 그동안에도 핸드폰 불빛으로 자기 얼굴만 비치며 새벽을 지나는 아래쪽 사람들 귀에 소화기관을 따라 꼬르륵꼬르륵 맥주 흐르는 소리가 스트리밍되었을지 모른다. 잘못 나이 든 본보기로서.

　7시가 되기 전에 일어나 대강 얼굴만 씻고 고무줄로 머리를 댕강 묶으며 애월 해변의 모래를 밟았다. 애월에서 협재까지는 고정된 일정, 이후는 협재에서 생각해 보기로. 예정 구간의 3분의 1에 해당하는 곽지 해변에서 충동이 인다. 내륙은 어떤 모습일까? 마을 돌담, 학교, 논밭, 귤 농장. 발길을 틀었다. 남읍리 마을을 한 바퀴 구경하고, 산 전체가 천연기념물이라는 금산공원 난대림을 굽이굽이. 공원 입구에서 만난 올레길을 따라가다 갓길이 매우 좁은 국도에서 생명의 위협을 느끼다가 안 되겠다, 다시 바다로 나간다. 바닷길에서 벗어나 3시간의 외유, 다시 해변으로 돌아오자 믿을 수 없게도 떠나왔던 곽지 해수욕장이었다. 진전 없는 인생.

　걷기라는 건 목표점에 닿는 느리고 투박한 수단이 아니라 목표가 지워진 공간에서 쉼 없이 발을 내딛는 과정의 지속일 뿐이야, 암. 참으로 그럴듯하게 중얼거렸군. 고개를 주억거리며 눈앞에서 산화해 간 세 시간을 바라본다. 아지랑이 너머 종교적 기능을 상실한 교회 하나가 보인다. 골격만 남은 예배당이 풍족한 풀과 나무에 감싸여 있다. 교회 옆 골목길엔 올레길 표시와는 다른 보라색 리본이 달려 있다. 물고기 그림. 순례는 여기부터다. 저 시멘트 십자가의 화석 같은 침묵이 참 올곧아 보인다. 영성이란 게 있다면 저런 공허에서, 쓸쓸함에서 목격되는 게 아닐까. "나의 영혼을 구하소서." '구하소서'는 누구를 향한 요구여야 할까. '주어'를 넣지 못한 기도는 헛바퀴 도는 나사못 같구나. 헐거운 나의 영혼은 공허와 믿음 사이의 간극을 좁히지 못한다. 몸은 수십 년 공허에 붙박여 있으나 마음은 자꾸 우주 저 멀리 존재할지도 모를 '주어'를 갈구하려고 한다. "주어로부터 나의 영혼을 구하소서."

보라색 리본을 따라 두 시간, 협재 해변 초입에 들어섰다. 오후 네 시가 조금 넘었다. 협재 바다. 이대로 멈추면 무언가 할일이 많아질 것 같았다. 위스키 한 잔을 몸 안에 툭 던져 넣는다면 숙소를 구할 만큼의 힘을 비축할 수 있을 것 같다. 알로하라는 작은 바에 앉았다. 코나 맥주 몇 종류와 와인. 위스키는 없었다. 스파클링 와인 한 병을 주문하고 가방에서 책을 꺼냈다. 비행기에서 표지까지 읽고 하루 반 만에 꺼낸 수도원 기행 책 〈침묵을 위한 시간〉. 와인을 마시니 눈이 침침해진다. 화장실을 가려고 마당에 나가 보니 안채가 게스트하우스다. 맥주 한 병과 독방을 주문했다. 몽롱한 정신으로 독방에 누워 이제 바닷바람을 쐬어야지 생각했다. 그리고 새벽에 잠이 깼다. 앞방에서 인기척이 들렸다. 현관 문소리를 내는 게 신경 쓰였다. 온몸으로 침대를 구석구석 뒤적이다 아직 목차에서 헤매고 있는 책을 꺼냈다. 집필을 마무리하러 수도원을 찾아간 작가는 고립된 성채에서 침묵과 금욕, 희생, 전적인 믿음을 지켜가는 수사들의 삶에 섞이게 된다. 침묵은 한동안 불편한 옷 같이 걸리적거리다가 갑작스레 안식을 준다. 그는 끝내 신에 대한 전적인 믿음을 실현할 수는 없었어도, 이 침묵이 수도사들의 신앙과 자기 희생을 지탱해 주는 힘이란 걸 알게 된다. 그러나 애석하게도 침묵과 희생을 지탱해 줄 수 있는 의지는 다시 믿음에서 나오는 것 같았다. 그는 수도사들의 삶에도, 완전한 침묵에도 다가갈 수 없었다.

창을 열자 멀리 비양도 위로 커다란 별 하나가 빛나고 있었다. 당신이 오래전 죽은 별의 최후 발광이라면 내 생명의 사라져간 부분들을 보듬으시고, 앞으로 사라질 나의 허망한 자리를 허망한 채 비워두지 마소서. 당신의 잔상처럼, 나의 가치는 나를 기억하는 이들 모두가 사라질 때 그들과 함께 천천히 사라지게 하소서. 그리하여 "나의 영혼을 구하소서."

나부끼는
비극을 보라

오전 네 시간, 오후 네 시간, 업무 같은 정규 걷기를 마치면 저녁을 먹으며 숙소를 구했다. 걱정과 불안 와중에도 호텔 예약은 하지 않았다. 저녁밥을 파는 곳이면 숙소도 겸하는 곳이 많았던 탓에, 제주 도착한 첫날부터 오른쪽 무릎이 시큰거렸기에, 새끼발가락 전체를 뒤덮은 물집이 걸음걸이를 뒤틀어 허리가 아팠기에, 일교차로 목감기까지 들었기에 어디서든 쉽게 잠들 수 있었다. 바라마지 않던 속 편한 시간, 잡음이 제거된 순간들이 찾아왔다.

　침묵을 위한 시간은 더디 갔다. 새벽이면 책을 읽고, 해가 뜰 때쯤 눈시울이 따가워 잠시 눈을 감았다. 눈을 감으면 물때를 만난 배처럼 잠 속 저 멀리까지 표류했다. 다른 방 사람들이 모두 떠난 게스트하우스 공용 공간에서 시리얼을 잔뜩 말아 먹고 길가로 나왔다.

협재에서 월령리를 지나 내륙으로 길을 틀어 선인장만 한 시간을 보다가, 국도로 나오니 견디기 어려울 만큼 그저 그런 풍경이 지평선까지 깔려 있었다. 차들이 세차게도 달려 편도가 더 까끌까끌해졌다. 해안에 바짝 붙어 서자 바다에서 자생한 선인장이 빨간 백년초 열매를 달고 있었다. 저걸 씹으면 목이 나아질 수도 있겠다. 그리고 곧바로 엄지와 검지에 각각 열 개쯤 가시가 박혔다. 해안 오르막 굽이를 돌아 마침내 엄지에 박힌 가시 하나만 남겨 두었을 때 용수리 표지판이 나오고, 급작스레 풍광이 변하며 절절하게, 아, 제주였다. 언덕 아래 성당이 순례의 끝이다. 한국인 최초의 카톨릭 신부 김대건 안드레아의 제주 표류를 기념해 지은 성당. 보라색 리본은 여기서 끝나고, 김대건 신부는 이곳 해변에서 순교의 돛을 활짝 편다.

바다 건너 한양에는 다 아는 비극이 기다리고 있다. 목이 잘리는 순간에 이르기까지 한 글자, 한 글자 그의 행적을 헤쳐가며 지속적으로 회의에 싸여 있었다. 그리고 용수리 성당에 앉아 기도하는 자세를 하고서, 그리 모질게도 살아남은 이유가 순교였나, 이 또한 난처하구나, 머리를 휘젓는다.

신부 김대건은 1821년 8월 21일 충청남도 당진의 솔뫼 마을에서 태어났다. 어릴 적 불리던 이름은 재복. 대건이란 이름은 마카오에서 신학 공부를 하며 조선의 교회를 크게 일으켜 세우겠다는 뜻에서 스스로 지은 이름이다. 그의 증조할아버지 김진후는 1805년 천주교인이라는 이유로 옥에 갇힌 뒤 배교의 회유를 물리치고 버티다 1814년 옥사했다. 작은할아버지 김한현은 1816년 참수형을 당했다. 그가 여섯 살 되던 해 용인의 골배마실로 이사를 가게 된 것도 종교 박해를 피해서였다.

1836년 조선으로 잠입한 파리 외방전교회 소속 피에르 모방 신부는 열다섯 살 김대건을 사제 후보로 선발해 마카오로 보낸다. 보냈다고 하지만, 국경이 봉쇄된 조선 땅을 탈출한 다음 중국을 종단하는, 그 자체로 혹독한 순례로 떠민 것이었다. 김대건은 한양에서 먼저 선발된 후보생 최양업 토마와 최방제 프란치스코를 만나 신의주에서 국경을 넘어 얼어붙은 압록강 걸어 단둥에 도착했다. 거기서 북쪽으로 지금의 선양까지 올라간 다음 거기서 다시 베이징까지 남하, 톈진, 난징을 거쳐 마카오에 도착했다. 걷고 말을 타고 배를 타고 이동한 거리 장장 30만 킬로미터, 7개월의 대장정이었다. 그 모진 행로를 헤쳐 나오고 1년 만에 최방제가 병으로 죽는다. 남겨진 두 소년은 6년의 공부를 마치고 조선으로 돌아가라는 사명을 받는다.

1839년 조선에 잠입해 선교 활동을 하던 조선 2대 교구장 앵

베르 신부가 사형을 당하고, 이어 소년들을 마카오로 보낸 모방 신부와 샤스탕 신부가 사형을 당했다. 1839년 기해년 시작된 말살 기간 동안 참형 당한 천주교 신자 110여 명. 김대건의 아버지 김제준 이냐시오도 순교자 대열에 있었다. 이후 조선에는 사제가 없었다. 신자들이 자체적으로 교단을 이끌어 나가야 하는 상황이었으나 도교에 알약이 있어야 하듯 천주교에는 사제가 있어야 했다. 자장의 후예들이라면 각자 자신들 안의 불성을 찾아 묘향산이든 오대산이든 몽블랑이든 찾아 들어가 깨달음을 갈구하면 됐겠지만, 노자의 후예들이라면 오대산에서 국화차를 우려 마셨겠지만, 천주교는 사제를 통해서만 정식으로 입교할 수 있었다. 그래서 사제들은 예수의 제자들처럼, 교단의 창시자 바울처럼 늘 그들을 배척하는 땅으로 애써 진입했다. 그리고는 사람들 앞에 자신의 모습을 드러내고, 예수가 남긴 말을 전하고, 예수처럼 병든 자를 치유하고, 죄를 뉘우치게 하고, 가난하고 소외된 이들과 동고동락하며 그들이야말로 천국의 주인임을 일깨웠다. 그러다 잡혀서 목이 잘리거나 육체를 처참하게 능욕당한 뒤 목이 잘렸다. 예수교란 예수처럼 생각하고 말하고 행동해야 하는 종교이기에 누군가 반드시 예수의 말씀을 옮겨야 했고, 사명은 대개 순교로 끝이 났다. 예수는 쉼 없이 이동했고, 움직였고, 사제들의 격식 차린 제사상을 뒤엎었다. 과격하고 과감하게. 종교가 아니라 인식의 혁명이었다. 김대건은, 그리고 서양의 신부들은 금지된 땅 조선으로 들어갔다. 그 땅의 부모 잃은 백성을 위해, 주의 말씀을 기다리는 불쌍한 영혼들, 그리스도의 형제들을 위해. 끝이 죽음이란 걸 모를 리 없었지만, 죽음의 순간이 오기까지 필사적으로 살아남았다. 그리고 죽음에 이르러 생은 완성되었다.

김대건은 눈에 띄기 쉬운 프랑스인 신부를 뒤에 두고 홀로 조선으로 잠입했다. 국경은 쉬이 열리지 않았다. 육로를 이용한 두 번의 시도가 좌절되었다. 이 두 실패는 단순한 실패가 아니다. 수천 킬로미터를 걷고 헤엄치는 죽음의 순례였다. 그것만으로도 보통의 한 인간이 짊어질 수 있는 고난의 최대치였을 것이다. 세 번째 시도 만에 그는 조선 잠입에 성공했다. 한양을 떠난 지 9년 만인 1845년의 일이었다. 하지만 다시 육로를 되짚어 사제들을 모셔오는 건 불가능했다. 길은 바다뿐이었다.

교인들이 마련한 길이 8m의 배를 타고 그는 상하이까지 가기로 했다. 거기서 주교와 신부를 싣고 다시 한양으로 돌아온다는 계획이었다. 배는 바다에 들어선 지 며칠 안 돼 풍랑을 만나 돛과 키를 잃었다. 정처 모를 표류였다. 그가 할 수 있는 일이라고는 기도와 기다림. 기다림 끝에 우연이든 주님의 구원이든 중국 어선에 배를 매달고 상하이에 도착했다. 배를 수리하고 조선에 함께 들어갈 페레올 주교와 재회했다. 조선을 향해 닻을 올리기 보름 전 1845년

8월 17일, 페레올 주교는 자신의 제자에게 드디어 사제 서품을 내렸다. 조선인 최초의 신부 김대건 안드레아. 그 감격을 접어 두고 그는 선장이 되어 배를 띄웠다. 지겹도록 반복되는 고난, 또다시 폭풍우를 만났다. 풍랑, 죽을 고비, 표류의 시간. 돛과 키가 부러진 배에서 기도나 하며 지내는 날들이 이때는 좀 익숙해졌으려나. 두 둥실 두리둥실 떠가던 배는 한 달 뒤 육지에 닿는다. 제주 용수리 해안이었다. 생의 순서란 난데없고, 순차적이지도 않다. 희생 그리고 어쩌면 보상, 아니면 영원한 희생.

용수리 해안의 표류가 이제 곧 펼쳐질 섬뜩하고 지긋지긋한 순례의 과정에서 가장 아련한 순간이란 걸 알았다면 조금 더 머물렀을까? 성당 정문 옆 카페가 한적하고 좋아 보였다. 배기통을 소란스레 울리는 바이크 몇 대가 서 있었지만, 배기통의 과도한 무게감이 내 귓가를 후려쳤지만, 차가운 커피 한 잔을 시키고 앉았다. 글쎄 더 머문다고 달라질 게 있었을까? 예정된 비극이라면, 기꺼이 그 순서를 따라가는 것도 비극이라 할 수 있을까? 자장이 그러했듯 김대건의 결말도 누구나 아는 비극이었지만, 이상하다, 그 비극의 여로가 주는 안타까움이 공평하지가 않다.

용수리 해안 절벽 길을 따라 산을 넘어 차귀도 해안, 선착장은 고요하고, 간간이 차귀도 앞을 가로지른 배가 역광에 숨었다. 오늘 밤은 또 어디서 자야 하나. 해물 라면을 파는 가게에 방이 있다고

한다. 다인실 구석 침대에 짐을 내려놓고, 고산리 무명 서점으로 책을 사러 갔다. 책을 꼭 사야 할 이유는 없었으나, 달리 무얼 해야 할지 생각이 나지 않았다. 고산리 우체국까지는 잘 찾아왔다. 그런데 지도에 표시된 무명 서점 자리에 무명 서점은 없고 유명 제과만 있었다. 언어 놀이를 다시 해보자는 건가. 주변을 배회하다 국숫집에서 막국수 한 그릇을 먹고, 다시 유명 제과 앞을 서성였다. 찻길 건너에서 말라뮤트 한 마리가 성큼 달려와 때려눕힐 듯 두발을 치켜들었다. 차에 치인 듯한 아득하고 묵직한 충돌이었다. 육지의 고래 같은 이 생명체를 거리에 풀어 놓은 사람은 누구인가. 갈기갈기 찢기는 고통은 없었지만 양쪽 허벅지, 허리, 배에 커다란 발 도장이 찍혔다. 넘어지지 않으려 버티면서 두 손으로 커다란 턱과 이마를 목숨을 다해 쓰다듬었다. 얼굴 가득 반가움과 친근함뿐인 이 기쁜 짐승, 오직 손과 발을 맞대 행복을 충전하는 이 삶, 아, 기특도 하다. 애교덩이의 칭얼거림을 외면하며 살짝 겁먹은 채, 유명 제과 앞으로 몸을 피했다. 무명 서점은 유명 제과 2층에 있었다.

소파에 내려놓고 싶은 건 내 등짝이었지만, 가방만 살짝 내려놓고 책을 골랐다. 주제는 섬, 제주, 종교적 걷기. 장 그르니에의 〈지중해의 영감〉을 카운터에 올리니 서점 주인이 책을 들고 사진을 찍겠냐 했다. 그렇게 하는 곳이란 건 알고 있었지만, 서점 자리를 찾느라 사진 찍힐 자세를 미리 정해 놓지 않았다. 책으로 얼굴을 가리고 찍는 게 보편적인 자세라고 했다.

게스트하우스로 가는 길 수월봉에 올라가 일몰을 바라보았
다. 해가 완전히 지자 등이 시렸다. 돌아가 뜨거운 물로 목욕을 하
고 밭은기침을 하며 침대에 누워 있으니 나란히 놓인 침대 위 빈
공간들이 적막했다. 게스트하우스 전체에 손님이 나 혼자였다. 침
대와 침대 사이는 손을 맞잡고도 편히 잘 수 있는 간격이었다. 누
군가 한 사람이라도 있었다면 콧바람을 섞으며 끔찍한 밤을 보낼
뻔했다. 늦은 밤, 옆 침대 사람이 살며시 손이라도 잡는다면, 어떤
식으로 거절의 잠투정을 연기해야 했을까, 난감하고 아찔했다. 공
허란 참으로 아늑한 것이다. 새벽에 깨어 〈지중해의 영감〉을 읽었
다.

바로 얼마 전에 내가 꺾은 이 들꽃은 벌써 시들고 말라 버렸
어. 이젠 버려야겠네.

인간의 삶이 다다를 수 있는 가장 먼 곳은 절대성이 아니라 진지
함이 아닐까. 아주 진지하게, 모든 게 아무렇지도 않다고, 나는 그
렇게 말할 수 있을까.

김대건은 제주를 떠나 강경에 배를 댄다. 거기서부터 육로로

한양까지 이동한다. 페레올 주교와 조선 5대 교구장이 되는 다블
뤼 신부를 무사히 한양에 들이고, 김대건은 고향으로 돌아가 걸식
하던 어머니와 재회한다. 하늘도 무심하시지, 걸식이라 기록되어
있다. 은이 공소. 10년 전 이곳을 떠났던 열다섯 소년이 조선 최초
신부가 되어 천주의 말씀을 전하고 있다. 신의 은총일까? 인간의
의지일까? 1846년 4월 8일 김대건은 마지막 미사를 마치고 최후
임무를 위해 어머니 곁을 떠난다. 마지막 미션. 미션, 그 거룩하고
처절한 숙명.

그는 배를 타고 조선 입국을 기다리는 친구 최양업과 메스트
르 신부를 맞이하러 간다. 미션의 서막은 순조로웠다. 시작이 순조
로울수록 비극을 향한 긴장이 고조된다. 김대건 일행은 중국 어선
으로 위장해 연평도를 거쳐 백령도 근방에서 중국 어선에 최양업
에게 전달할 편지와 지도를 전하고, 남하해 황해도 옹진군의 순위
도에 배를 대었다. 김대건이 건넨 지도는 그가 손수 제작한 조선
전도였다. 지도가 제작된 시기는 1846년으로 대동여지도보다 15
년을 앞서며, 만주와 울릉도, 독도를 조선의 땅으로 정확하게 표시
해 놓았다. 이 지도는 현재 프랑스 국립도서관에 보관되어 있다.

김대건 일행은 생선을 염장해 말리면서 돈을 가져오기로 한
신도를 기다렸다. 그리고 갑작스러운 비극의 당도. 중국 어선의 불
법 조업을 단속하는 데 쓰겠다면서 배를 빌려달라는 관리들과 옥

신각신하다 선원들이 다들 흠씬 두들겨 맞고 관아로 잡혀갔다. 이후의 일은 일사불란하게 진행되었다. 웅진 첨사 정기호는 몇 차례심문 뒤 김대건을 황해 감사 김정집에게 보내고, 김정집은 월척을낚았다는 예감에 사지를 떨며 포획물을 한양 조정으로 보냈다. 김대건 신부는 포도청에서 40회의 심문과 6회의 고문을 받고 사형을 선고받는다. 조선 왕 현종은 그의 프랑스어 실력과 지리 지식을 높이 사 옆에 두고 쓸 생각이었으나 관직에 있는 이들의 주장을 거스를 수 없었다. 1846년 9월 16일 지금의 노량진 근방이라알려진 새남터 한강 백사장에서 김대건은 여덟 차례나 칼을 맞은뒤에야 목이 잘린다. 더 큰 고통을 주기 위해 일부러 그러기도 했다지만, 개인적 원한이 있는 것도 아니고, 칼은 좀 갈아 놓지 그랬나, 이 망나니야. 수난의 길은 꼭 겪지 않아도 됐을 고통마저 겪은뒤에야 끝났다.

김대건의 죄목은 '국경을 넘어 외국에 가서 외국인과 상통하며 서학을 통달해 다시 귀국한' 것이었다. 죽음에 이르는 길은 그가 스스로 깔아 놓은 포석을 따라 차근차근 나아갔다. 그 길을 따라 하느님 나라가 조선 땅에 도래했고, 그리스도 복음의 역사에는아주 사소하나 한국 기독교에선 가장 크고 참담한 자취가 남았다.'삶의 가능성'을 끝까지 밀어붙여 마침내 만개했다. 예수가 그랬던것처럼, 그도 죽지 않으면 안 됐던 것이다. 죽어야 완수되는 사명,

죽어야 완성에 이르는 삶, 미션. 예수를 메시아로 추대한 무리의 목적은 현세의 정치적 승리였지만, 예수 사역의 본질은 승리가 아니라 패배였다. "나를 따르려는 자는 아상을 버리고 죄인의 십자가를 지라." 인간에게 단 한 번의 생명을 주었으면서 그마저 순교로 거둬 가다니. 죽음 뒤의 영원한 안식, 멈추지 않는 기쁨의 대가란 그리 큰 것인가.

스물여섯. 그의 희망, 이상, 미래. 그러나 신이 정해 준 길은 육신의 영광이 아니라 고통이었다. 그는 감수한다. 그리고 낙관한다. 자신이 죽은 자리에서 그 숙명의 바통을 이어받아 누군가 또 신의 길을 예비할 것이라고. 낙관 없이 어찌 그 많은 순교가 있었겠나. 순교자의 낙관으로 인간은 인간을 경외하게 된다. 종교적, 정치적 학살자들에 맞서 삶을 내던져 왔던 순교자들이 아니었다면 인류가 지금의 모습이 될 수 있었을까? 소수의 사람들이 다수의 안일한 삶을 위해 목숨을 던져 왔다. 1980년 5월의 전남도청. 나는 죽을 자리라는 걸 알면서도 그 자리에 앉아 있었을까? 그곳에서 나는 어떤 사람이었을까. 몰래 빠져나와 막걸리나 한잔 마시고 잠드는 삶을 살진 않았을까? 몇몇 사람에게 너무나 큰 짐을 지운 것치고 발걸음도 가벼워라 홀가분하게 유유자적이나 외쳐대며 살아왔다. 생명의 목적은 생명 밖의 사명이 아니라 생명의 유지 아닐까. 살아남기 위해 기고 뛰고 숨는 건 비루하지 않다. 그건 그것대로 가치 있는 일이다. 그러나 그렇게 남겨진 목숨으로 무엇을 하고 살았나. 함께 살아남은 누군가의 목숨을 노리고 살아오진 않았나? 순교자들에게 돌아간 것도 거룩한 존경이 아니라 왜곡, 낙인, 배척이었다. 자신이 하지 못한 일에 콤플렉스를 가진 사람들이 두고두고 앙갚음을 해 왔던 것이다. 그렇다고 순교자들의 낙관과 희망이 수그러들거나 꺾인 역사는 없다. 그들은 사는 것도, 죽는 것도 타인의 목숨을 숭고하게 만들기 위해서였으니까.

모슬포항을 지나 일제가 만든 알뜨르 비행장에 이르기까지 다섯 시간가량 풍경이랄 게 없었다. 벌판에 드문드문 남아 있는 비행기 격납고는 세월 그대로 커다란 무덤의 형상이 되었고, 사라진 활주로는 무밭에 덮여 아득하게 새파랬다. 비행장을 떨쳐내는 길 끝에선 한국전쟁이 발발하고 공산주의에 협력할 거라 의심되는 이들을 색출한다며 천여 명을 학살한 구덩이와 추모비가 있었다. 죽인 자도 죽은 자도 사라진 벌판에는 참상과 기억과 망각, 이 전부가 허허로웠다. 하늘이 맑으니 무덤은 더 시리다. 산을 넘어 제법 관광객이 몰린 송악산 해안 도로에 이르자 안개 낀 바람이 세차졌다. 여기서 산방산까지 한 시간, 산 주변을 대강 돌아 온천에 도착하도록 온탕 생각만 간절했다. 8인실 방에 네 명이 들었지만, 목욕탕에 딸린 숙소의 위용 그대로 난방이 밤새 열렬했고, 다음 날

목욕탕에 들어가기 전까지 한 번도 깨지 않았다. 지쳤다는 말로 동원할 수 있는 온갖 피곤을 담아 지쳤다. 무릎과 발바닥은 몸의 무게를 지탱하기엔 너무나 쉽게 짜증을 냈고, 목 염증에 좋을까 싶어 감기약을 먹었다가 탕 안에서 밤을 지새울 뻔했다.

아침에 일어나자 따뜻한 커피가 담긴 머그잔이, 양손에 감싸인 머그잔이 간절했다. 제주 시내로 가서 밥을 먹고 차를 마시자. 지도 앱이 알려 준 대로 5분 뒤 떠나는 버스 시간에 맞춰 머리도 말리지 않고 목욕탕에서 뛰쳐나와 올라탄 버스는 서귀포 행이었다. 이런 날인가 보다 싶어 커피는 뒤로 미루고 인덕 계곡에서 내려 추사의 유배 길을 따라 두 시간을 걸었다. 추사가 왜 제주까지 쫓겨나야 했는지는 알아보지 않기로 했다. 유배는 이제 충분하다. 마지막 하루 순전히 걷기만 하는 짐승이 되어 걱정도 회의도 깨달음도 없이, 이유 없이, 걸었다. 무릎 통증이 심해 통증에만 집중할 수 있어 좋았다. 아프면 낫는 것 말고 다른 생각은 들지 않는다. 육체에 고통을 가해 육욕을 중단하고 정신을 고양시키는 고행은 정말로 신과 만나러 가는 길인지 모른다. 계단이 3만 개쯤 된다면 그건 분명 천국의 계단일 거다.

쉬어야겠다 싶어 아무 버스에나 올라탔다. 이중섭 미술관 근방에서 내려 마당에 열린 귤을 먹어도 되는 걸까 고민하며 조금 더 앉아 있었다. 서귀포 초등학교 근처 주택가 카페에서 따뜻한 커피를 두고 앉아 메시지, 메일을 확인하자 머릿속은 단도직입 사무실로 돌아갔다. 흘려 넘긴 전화번호가 있어 혹시나 전화를 거니 내가 만드는 잡지에 여행기를 기고하겠다는 한 중견 시인이 원고료 측정으로 몇 분을 축내더니 느닷없이 이승만 기념관에 가서 수업을 들어보면 나에게 큰 도움이 될 거라 조언했다. 제주 게스트하우스 네 곳을 겪고 나의 편견 무엇이 깨졌나. 의도 없이, 바람 없이 걸었다고 하자. 의도 없이, 바람 없이 시를 썼다고 하자. 사는 건 뭐고, 시는 또 뭔가.

장 그르니에의 말대로 한낮에 촛불 하나 밝히는 게 무슨 의미가 있겠나. 내 인생으로 밝힐 수 있는 영역은 영원한 어둠 앞에 속수무책일 것이다. 인간의 순차적 비극은 내 몸 곳곳에서 싹을 틔웠다. 비양도의 별처럼 지구의 생명도 몇만 광년 떨어진 어느 별 입구에 반짝 닿는 발광으로 끝날 것이다. 오, 우주의 '주어'시여. 부름이 간절해질수록 육체의 애착이 강해진다. 나의 육체는 믿음 없이 대상 사이를 표류한다. 상해에서 표류해온 김대건 신부, 그가 표류한 목적은 스물여섯 나이에 목이 잘리는 일이었나?

함덕 해변으로 왔다. 게스트하우스는 이제 됐다. 호텔을 예약하고, 뭔가를 먹어 볼까 싶어 모래를 걸어 해변에 바짝 붙은 카페로 갔다. 커피는 여기서 마셔야 했는데 조바심을 냈구나. 저무는 날의 조도에 맞춰 테라스에서 맥주를 마시면 좋겠지만 커피와 빵

뿐이다. 새우껍질을 벗기며 맥주를 마실 곳 없을까. 이런 생각, 거슬린다. 맥주를 마시고, 취해서 바다를 거닐다 호텔에서 잠이 든다. 새벽에 일어나 책을 읽거나 팔굽혀펴기를 하겠지. 패턴대로의 나 말고 다른 내가 될 가능성은 없는 걸까? 오랜 시간 무엇이 되고자 했으나 부득이 내가 되었고, 이제 다른 가능성은 없어 보인다. 내겐 숭고함 같은 게 없는 걸까? 더 절망하기 전에 쿠팡에 싸게 나온 누군가로 갈아입고 싶다.

욕망 없이,
두려움 없이

새벽에 어렴풋 깨어나면 꿈인지 현실인지 혼미함 속에 두려움은 마치 팔다리를 더듬듯 확연하게 만져진다. 오늘 하루를 채우고, 내일을 채우고, 나는 무엇을 기다리고 있는 걸까? 나는 무엇을 위해 계속 이런 식으로 하루, 또 하루 살아내야 하는 걸까. 나를 위해?

　김포에 도착하자마자 남부터미널에서 버스를 타고 안성으로 내려왔다. 안성 미리내 성지, 김대건 신부의 무덤이 있는 곳이다. 김대건 신부는 머리가 잘려 나간 그 자리에 묻혔다. 시신을 가져가지 못하도록 군사들이 지켰다. 40일 뒤, 이민식이라는 17세 소년이 감시가 허술한 틈을 노려 김대건 신부의 시신을 수습했다. 그는 자신의 선산이 있는 안성 미리내까지 7일을 걸었다. 신부를 안장한 뒤 그는 그곳에 머물며 묘소를 지켰다. 7년 뒤 김대건 신부에게 사제 서품을 내려준 페레올 주교가 사망했다. 그는 제자 김대건 옆에 묻어 달라 했다.

성지 입구 작은 성당에 앉아 뭐라 기도할까 생각하다, 신께서 나를 위해 준비해 둔 게 아무것도 없으신 바람에 지금껏 별 탈 없이 살아온 거구나, 감사 기도를 올렸다. 외과 수술을 두 번 했고, 진드기에 한 번 물렸고, 독감도 서너 번 걸려 봤지만, 확률상 생존할 가능성이 높았다. 난데없는 운전자만 조심한다면, 확률, 평균의 수치 언저리에서 살아갈 것이다. 확률이 신인가?

순교 기념관은 서대문형무소 박물관 못지않은 고문 체험관이었다. 덕으로 다스리는 군자 국가를 꿈꾸던 조선 양반이 고안해 낸 이 기상천외한 고문 기술을 구사하면 제아무리 철면피라 해도 손쉽게 살갗이 벗겨지고 뼈가 발라질 것이다. 지푸라기 엮은 끈으로 정강이를 슬슬 쓸어주면 결국엔 제 엄마 뺨도 후려치게 될 것 같다. 공자의 책엔 그런 내용 안 나올 것 같은데, 고문을 생각할 때 인간의 뇌는 최대치로 활성화되나 보다. 자발적으로 죽음을 선택한 사람들이지만 순교가 수여되려면 고문 10단계 과정을 성공적으로 이수해야 한다는 것까지는 몰랐을 것이다. 가학의 창의성이 존중되는 세상이었다. 생명의 종말이 너무나 쉬운 시절이었다.

예수의 말씀은 신자들의 피를 타고 머나먼 지구 끝까지 전파

되었다. 신은 도와 마찬가지로 인간을 강아지풀 취급할지도 모르지만, 교단은, 혹 국가는 더 많은 순교자의 피를 요구했다. 김대건은 욥을 떠올린다. 지상의 부와 안락은 영원한 형벌이고, 오직 고난만이 하늘의 과보다. 신이 모든 것을 거두어 가시더라도 감사히 받아들이면 갑절로 갚아 주시리라. 유네스코에서 2021년 세계기념인물로 김대건 신부를 선정했다. 사후의 명성, 신의 계획은 항상 옳다.

스물여섯, 나에게 삶은 오로지 삶으로 가득했다. 하늘의 재산이 아니라 현실의 계좌를 위해 아르바이트를 전전했다. 천박한가? 복종과 순종의 시대는 지났다. 인간은 신의 영광이나 예수의 수난을 떠올리며 순례를 떠나지 않는다. 생각 비우기, 자리 비우기. 고독과 육체적 통증의 길에 자신을 밀어 넣고서 독자가 자신뿐인 1인칭 소설을 쓴다. 순례는 목적 없는 표류가 되었다. 표류야말로 '나의 진실'에 가장 근접한 상태이다. 지금 내 위치의 좌표, 살아남을 것이냐 사라질 것이냐. 답은 퍼센트에 있다. 위험 요소를 줄이고 안정적인 길을 예상한다. 소수점을 그러모은다. 나의 순례는 확률 위를 순수하게 표류한다. 늘 어딘가로 향하지만 아무 데도 닿지 못하고, 걸으면서 떠오른 몇 가지 가능성을 따져보며 다른 행로를 잡는다. 그래봤자 바다를 떠가는 나뭇조각이다. 여전히 아무 데도 닿지 못한다. 강릉 사천진 해변에서 용이 되어 승천할 날을 기약하던 허균은 한양 저자 한복판에서 사지가 찢겼다. 신이 예비한 길을 걸었던 김대건이 받았을 천국의 보상은 세상의 종말, 심판의 날이 와야 알 수 있다. 내가 그날까지 살아남은 확률은 얼마나 될까. 너무 낮다. 거기에 생을 걸 수는 없다. 나의 성소는 교회가 아니다.

하얀색 엘지 노트북을 켠다. 나는 이곳에서 문장을 가다듬으며 내 삶의 가능성을 높인다. 오타를 찾아내 수정하고, 비문을 고치고, 더 적합한 단어를 찾는다. 사실관계를 확인하고, 의견을 보태고, 중복된 부분을 삭제한다. 구조를 바꿔보고, 호흡의 반환점이 필요하다 싶으면 문단을 나누고 소제목을 단다. 그러면서도 줄곧 이 문장들을 대표해 가장 앞장에 쓰일 제목을 생각한다. 원하는 만큼, 아는 만큼 변화시킨다. 그러면 내 몸이 변한다. 10% 인성이 25를 넘어 30에 다가간다. 글자가 생활비로 환산되어 돌아올 확률 3%. 오타와 비문, 좁은 세계관은 나의 게으름, 간과, 지나침, 합리화, 분노, 무기력, 눈속임, 자기기만에서 자라난다. 나는 그것들을 하나씩 바로잡고, 고치고 싹을 자른다. 확률을 얼마나 높였을까? 10%? 20%? 돌연 회의가 든다. 허탈해진다. 이곳은 단지 내가 택한 노화의 장소 아닐까? 처음의 문장으로 돌아가 버린다. 욕을 하고, 화내고, 누군가의 멱살을 쥔다. 점진적으로 나아지는 것 같지만, 전체적으로 순환한다. 내가 떠나왔던 저 먼 곳, 처음의 요람으로 다가가고 있다는 생각도 든다. 그렇게 며칠이 지나면 다시 해

오던 일을 이어간다. 손을 놓았던 그 자리일 때도 있고, 그보다 훌쩍 먼 곳에 있을 때도 있다. 목적 뚜렷한 순례나 목적 없는 표류나 인간은 자기 확신과 의심 사이를 왕복 운동하며 소멸을 향해 곧장 나아간다. 그리고 확률에 실려 우주를 가로지른다. 확장되는 우주에 떠밀려 표류가 연장되더라도, 기다린다. 언제가 다시 나로서 지구에 안착할 '100%'의 날을.